아돌프, 내가 해롭습니까

시인의일요일시집 **012**

아돌프, 내가 해롭습니까

1판 1쇄 찍음 2023년 01월 25일
1판 1쇄 펴냄 2023년 01월 31일

지 은 이 임재정
펴 낸 이 김경희
펴 낸 곳 시인의일요일

표지·본문디자인 노블애드
경영지원 양정열

출판등록 제2021-000085호
주   소 경기도 용인시 기흥구 연원로42번길 2
전   화 031-890-2004
팩   스 031-890-2005
전자우편 sundaypoet@naver.com
블 로 그 https://blog.naver.com/sundaypoet

ISBN 979-11-92732-02-2 (03810)

값 12,000원

* 이 도서는 한국문화예술위원회의 2021년도 아르코문학창작기금 지원사업에 선정되어
  발간된 작품입니다.

아돌프, 내가 해롭습니까

임재정 시집

믿어,
비 올 때의 물속이 가장 고요하다는 거

불빛을 떠받치는 것은
어둠이라는 거

| 차 례 |

1부

4부

5부

1부

밤의 아돌프

심약한 밤이야
성냥만 그어도 찢기는 새벽, 자신을 의심하며 부러지는 연필심

나를 해하려 골몰하며 손가락 깎는 기분을
훅― 불어 끄면서
창밖으로 쏟아질 생각만 하는

나는 너무 묽은 피, 내외가 불분명한 가장 사사로운 상대

웃기지?
창밖, 제 아랫도리를 빤히 훔쳐보는 가로등
겨드랑이에 코 박고 다리 사이에 취한 개의 미간

우린 왜 일그러진 데를 좀 더 일그러뜨리는 자신을 쓰다듬고
말까

모두들 쪼그리고 앉아 목을 꺾고
어머, 꽃 좀 봐

사타구니에 얼비치는 자신을 훔쳐보며

민감하고 부끄러운 막대기를 직신거리다가 체온 재고 심박에
끌려다니는 자신을 잔에 따르고

우린 너무 안 맞아서 짝인가 봐
정말이야, 독재자일수록 자기를 갸우뚱해한대

난 경험하지 못한 나로 태어날 권리가 있다고 믿어
이런 몹쓸 경향을 위해 세 알의 사과를 시계 속에 던져 놓고

조금 울기로 해
유다처럼

마블링

무늬는 겹침에서 온다

노래와 비명 사이 풀을 뜯는 한낮의 양들

밤은 그러나 조금 달라야 했어
늑대가 덤불 속에 잠든 도시락을 찾아 소풍을 가고
양의 꿈에 발톱을 우겨 넣고 휘저어 보지

깨어 보면 장미 울타리를 지나온 생각이 피투성이로 쓰러져 있다

장미 울타리에 박힌 양들 엉덩이를 모으면 마을이 된다 지붕과
울타리를 마련하고 가장 무서운 이와 가까운 이웃으로

마블링은 꿈을 매개로 하는 체제다 벌써 천 년째

밤과 낮이
장미 울타리를 경계로 으르렁댄다

CCCP

— 후일담은 오늘 가장 빛난다*

봄의 한 점을 구겨 등 뒤로 밀쳐 두면

패잔한 겨울이 기어들지

주름을 덮 놓고 아이에게 손짓하는 노년

골조를 세우다 부도를 맞은 교외의

콘크리트 건물 불끈 주먹을 쥐고 ―유치권 행사― 이마에
질끈 플래카드를 동인 채

수십 년째 덤불 속으로 쫓기고 있다

진입로 없는 공중에 낫과 망치가 펄럭이며 녹슬어 간다

여기서 외면하는 저 너머라는 미필적 고의

뜯긴 벽지 속 신문에 실린 매머드 화석처럼

반세기 가까이 동토층이 녹고 있다는 소식

무덤도 없이, 다시 죽을 수도 없는

삼촌이

끊임없이 찾아와 문을 두드리다 간다

* 볼셰비키들이 썼다가 지운 강령의 일부

너머

여기에는 없어 눈을 감는다

눈을 가리면 다른 곳이 환해지는 인간을

풍선은 이미 아는지, 누르면 어디로든 부푼다

엄마가 폐부에서 부풀린 아이처럼

세상이 누르면 핑계처럼 집으로 불거진다

함께하는 이웃이면서 모르는 사람들, 마주칠까 봐 자주 눈을 감는다

아이가 품고 있는 시간이 풍선 속으로 건너가 쌓인다

조금씩 무거워지던 풍선이 덜컥, 무서워질 때부터 어른이란다

눈을 마주쳐야 하는데, 풍선은 불다 보면 눈을 감고 마는

이것은 엄마가 잃어버린 샛길

환영 허수아비 영혼 도깨비 귀신보다 더 무서워 눈을 감는다
내겐 풍선이 들려 있다

두려움도 없이 좀비처럼 풍선 안을 날뛰는, 터질 준비를
끝마친 미래

얼룩진 낮은 쉽게 세탁할 수 없는 밤이 될 것이다

비눗방울이 떠다니는 꿈에

눈꺼풀 속 한곳만 환해질까 봐 다시 눈을 뜬다

감지도 뜨지도 않은 중간이란 없어서

오늘을 끝내려고 시계를 만든 사람을 떠올렸다

진자들

낮은 하늘가
산책 나온 뚱뚱한 구름 일가가 어슬렁대며 포클레인을 참견하는
터파기 현장

오후엔 비가 들이치리라는 예보; 마루판을 뛰다 어린 구름들
은 밑 빠진 널빤지에 발이 빠지기도 하리란 뜻이다

물갈퀴가 돋을 것 같은 날씨엔
일까지도 지느러미가 돋아 몸을 파닥이기 일쑤

인스턴트커피는 설탕과 프림 새까만 기다림을 물과 배합한 시
멘트 같은 것
　취향껏 유머 한 스푼을 더할 수도
　그것으로 부족하면 김 씨 눈두덩으로 새벽에 날아들었다는
　프라이팬 닮은 UFO를 상상해도 좋고

　그럴 때 기다림은 왁자해져 잠시 레포츠가 된다
　왜 모든 것들이 우리네 눈두덩에 추락하는지

아랑곳없이 바람은 공사장을 들쑤시고
인중을 찌푸린 흙구덩이 옆 철근 더미 위로
이내 후득이는 구름의 천진한 발자국들

얼굴 반을 떼어 저마다 퇴근을 날인하고 인부들이 돌아간다

그냥 가긴 그래서
외계인 여자의 포로 김 씨를 위로할 겸 골목집으로
반뿐인 얼굴이니까 가볍게 반 잔, 건배 구호로는

레드썬!

ㅁ에서 ㅇ까지

천장의 화재감지기는 복선 철로쯤, 떠난 두 선이 여기로
되돌아와서 울음이 터지는 식이지

작업복의 ㅁ은
중얼거리는 사람이야
오늘이 얼마나 먼 데서 시작된 물결인지를 묻고 답하지

물이 넘실대는 양동이처럼
먼지 가득한 천장 속을 훑을 땐 출렁임 소속 이마가 젖어들지

또 무슨 말을 할까 귀를 곧추고
나는 ㅁ의 꽁무니를 따르지 번졌다 되돌아드는 물무늬처럼
발목 어디쯤을 간지럼 태우는 재미가 있거든

천장 속 전선관을 이해하면 말이야 훅, 바깥이 어둑해지곤 해

오늘 발견한 사실이야, 사다리에 기댄 ㅁ이 천장 속으로
흐릿해질 때도 있어

그를 뒤따라 일곱 칸 식당과 주방의 구조를 훑으며
화재경보가 천장 어디서 길을 놓치는지 뒤쫓는다네
밖에는 그도 나도 놓친, 수시로 자세를 바꾸는
하루가 저물고

오늘의 골몰이 누군가의 하늘로 펼쳐질 거라 믿으며
내일 보자, 다만 잊지 마
어떤 하자도 삶에 견줄 만큼의 분량이라는 거

어깨를 툭 치며 버스에 오른 그가 모르게
낚아챈 그림자가 내게 남아 있네
그림자는 금세 저녁으로 앉고 어둠으로 부풀고

스위치 속 커다란 전등을 꺼내고 전등 속 개켜 둔 방 한 칸을
부려 놓겠지 그처럼 나도 중얼거리는 사람이 될까

잠은 위대해, 낮을 고스란히 복기할 수 있거든
몸에 꼭 맞는 휴식이 되고
지느러미가 생기는 물속이기도 하고 말야

일곱 살의 질서

아지랑이를 친구 삼고 싶어

집으로 가는 길에 병아리를 샀어요

엄마가 내게 준 리본을 매어 줍니다

리본은 날개의 이복남매, 아빠의 선물은

아빠에게서 가장 극적이죠 휘파람을 배웁니다

병아리에게 나는 배울 게 많아요 울지 않고 보채는 법과
휘파람으로 담을 넘는 방법까지

내일은 소매가 넓고 날개를 꺼내 보일 수도 있죠

아빠는 새끼손가락을 노리지만

약속은 가슴에 접어 둔 열 손가락이 꺼내 오는 것

먼 지방으로 출장 간 아빠의 먼지처럼 엄마는 정처 없습니다

집 가는 길에 다시 병아리를 삽니다

노란 싹이 배어 나오는 작은 무덤을 지나

언덕 너머로 자란 무릎을 낮추며 걸어요

자라는 만큼 집이 점점 작아집니다

어딨는지 아무도 모르는 학교를 지나

오른쪽으로 크게 휜 길을 걸어갑니다

눈꺼풀 안쪽에 쓰는 이야기

철야작업 뒤 아침 퇴근길에는
전봇대도 따라온다 마리오네트는 마리오네트
전깃줄에 매여 있답니다

차들이 달리는 길 거슬러 가면 녹슨 대문이 살구꽃 지는 마당이
댓돌 위 사방 솟은 바람벽이 웅크린 잠이 벽지 가득 발기한
꽃숭어리 속 구름이 떠오르는 온몸이 관절마다 끈에 묶인 채

아이들이 몰려들고 팔뚝이 서른 개쯤 꿈속으로 손을 집어넣고
재잘대며 밀고 당기고 올라타서 어디든 가자 하고 눈꺼풀이 훤히
비치는 잠은 영차 어-영차, 들뜬 줄다리기 한가운데인데

늘어나기도 나는, 줄어들기도 끌려가기도 끌려오기도

울고 까불고 다투는 왁자함에 웅크린 잠은 뭉게구름 속인가
꽃숭어리 속인가 벌집일까 귓바퀴 가득 웅-웅-거려서 가만히
실눈 떠 보면 일제히 손을 뻗은 아이들의 가위 바위 보 이만큼은
네 줄에 매인 아빠고 저만큼은 내가 묶어 흔드는 아빠고 또

여기부터 저기까진 꼭두각시 아빠로 쓰자고 조각조각 가위질
중인데

　돌연 머리 긴 마녀가 벼락 치듯 나타나 빗자루를 휘두르며
　전부 다 내 거다! 한순간 고요해진 눈꺼풀 속은 모래사막으로
바뀌고 어깨부터 주르르 쏟아져 내리는데
　전깃줄에 묶인 사람 마리오네트는 끝내 마리오네트

　눈꺼풀이 흘러내려도
　마리오네트

그림형제의 시놉시스

저녁은 말하지 산그늘에 어슴푸레 앉아
봐 봐, 노을이야
네가 배워야 할 부끄러움이지

서쪽 하늘에는
물감 중 붉은색만 물어 나르는 새들이 산단다

뭉글뭉글 밤은 쏟아지고
그림형제가 당겨 덮던 눅눅한 홑이불처럼
외풍 드는 잠엔 구멍 뚫린 하늘의 숱한 눈동자들

그런 날 꿈의 밝기는 달뜬 반딧불을 손바닥으로 떠받쳐 그나마
높다랗게 별로 박아 놓을 만큼

문틈으로 엿보는 바깥엔
플롯 속 오늘 분의 물감공장이 돌아가지
색을 짓이겨 기계 속으로 밀어 넣는 아빠와
속이 메스꺼운 엄마가 시계를 보며 입을 훔치지

지나온 날들을 구원할 방법은 없단다

팔레트에 오직 한 물감만 풀어놓는 석류처럼
밤의 창문은 새빨간 거짓
너는 자라 아는 이름을 적고 붉게 두 줄 긋는 사람이 되거라

창문을 열면 성냥 한 갑처럼 아이들이
정오의 붉은 나뭇가지에 신발을 걸어 놓은 낮잠

함부로 그은 성냥이
치욕인 줄 모르고 부쩍 자란 맨발로 월담을 한다

고양이의 탐구생활

오로지 나만 둥근, 여기

장판 밑 흐르는 물소리에 귀를 빼앗겨도 그만인
나는 보풀투성이 갸르릉 가문의 털실 뭉치랍니다

벗어 놓은
잠옷에 기어들어 조금 나른한
갸르릉, 온몸을 휘돌다가 꿈이 꼬리에 막혀 되돌아오는 소리

소스라칠 일 없는 발톱이 새까매졌어요
적당한 긴장은 몸에 이롭다던데, 등뼈에 세든 용수철과 녹슨
송곳니, 숨 가쁜 기차를 상상하면 내가 빵! 하고 터질 것 같아

긴 꼬리로 누군가를 유혹하지만 대부분 내가 걸려들죠

현관 철문은 어쩌면 저리 매몰찬지, 궁금할수록 거실 유리창
밖은 소름을 물고 아득해지고

주인 여자와 여자의 남자와 나의 서열은 수제비 반죽
치대기에 따라 체위가 달라지는

식상하지만 뭐 어때요? 냄비를 빌미로 둘러앉은들 후루루—
불어 버릴 텐데

그러나 바깥 공기를 만나면
등뼈에 화살을 메겨 비등점을 뚫고 솟구칠 텐데

사실, 날카로운 것들은 날뛰지 않아요
온종일 수염을 쓸며 목표를 노리는 레지스탕스처럼
태연히 긴 꼬리에게 휴가를 줄 수도 있죠

끝이 좋다면 그 밖에 뭐가, 그러나 이즈음 반죽거리는 충혈된 눈

오늘은 막 눈 똥을 모래에 묻으며
무덤가 소녀처럼 글썽해서 오래 웅크렸습니다

비누

빠삐용, 우리말로는 나비랍니다

한 덩이 봄을 움켜쥘 때의 텅 빈 손이나

벗어 놓은 옷으로 되돌아가지 못한 몸이 꾸는 꿈을
대리합니다

감쪽같이 무지개가 스패너로 바뀌는 이야기

스패너로는 죌 수 없는 너트로 꽉 찬 무지개 이야기

미안하다는 거짓말을 뭉뚱그리면 국경이 되고

빠삐용이 되고, 우린 나비라 부릅니다

쿠바 쿠바

스스로 꼬리를 자른
쿠바는 도마뱀이래요
오늘 이후 도래할 미래를 새 꼬리로 달고 싶어 한답니다

쪽문을 열고 가끔씩 꺼내 보는 뒷골목
꺾어든 길 따라 끊어질 듯 이어지는 언덕
가늘고 긴 모가지를 가진 종탑이 종소리를 젖 물려
마을을 꾸리지요

수런거리는 사탕수수밭을 한 세기쯤 걸어 들어가면
쿠바가 있다지요
설탕자루처럼 허리가 달큰한 아낙과
바깥에 시큰둥하고 자신에게 관대한 사내들이 산다지요

손가락마다 눈이 달린 아이들
다른 인연을 커튼 뒤에 숨긴 연인들
 솜사탕처럼 막대만 있으면 다시 부푸는 쿠바의 오후 풍경
들이죠

눈 감으면 탕!
눈썹에 걸린 총소리가 떨어져 내릴 텐데
표적지에 배꼽을 내놓고 태연히 잠든 나무늘보의 이름은?

이봐요, 그 문제 불법처럼 너무 유쾌하잖소?

까치발을 한 노래 모두는 쿠바에서 태어납니다
그러니까 갑문을 닫아걸고 안으로
조금씩 깊어지는 쿠바
카리브해 너머 별 오십 개의 은하수처럼
공장을 짓고 사람을 홀리지도 않는답니다

느긋하게
옆구리 가득 격정의 울음보를 매단 개구리들을 모아
쿠바로 달리는 오토바이를 만들어요

왼손으로 써도 삐뚤빼뚤 여전히

쿠바는 쿠바
쿠바라지요

나는 사막으로 갑니다

게발선인장이 가시 속에서

꽃대를 꺼내 놓았다 악어의 아가리 속에서, 손도 없이

세 시간으로 이루어진 하루는

실패한 것인가 너무 이르게 귀가한 날

넘친 적 없는 그릇을 가끔 어두운 쪽으로 놓친다

퀴퀴한 밤의 농기구 창고 같구나, 오후는

돌아서다 이마를 찧거나 놀라 너를 꺼트려도 될 만큼

거실에 나를 따르고 취한 오후에 안겨

창밖 담쟁이가 잎의 물감을 다 엎지를 동안을 가을이라
부른다

붉어진 눈을 씻다가 뜨면, 물속 정거장으로 드는 기차

거울 속 내가 없어서 벗어던진 옷이 지루하다

봉제선 하나 없는 물속은 무엇이 드나들어도 그만

사막을 모르는 꽃은 선인장을 조금 들뜨게 할 뿐

블라인드를 흔들 수 있다면 무엇이든

공구통에 넣고 꺼내 쓸 날이 올 것이다

부어 곱은 손을 뜨거운 물에 불려 깨우고

신기루와 오로라 사이 내일로 출근한다

당신을 사랑합니다

어디에나 있지 투 머치 토커
깡통따개가 한껏 사랑한 결과는
쏟아져 꽁치가 되지

맞아, 흥건한 자기를 쏟고
밖으로 번져 토막 난 타인의 비린내를 시비하지

부끄러워서 그렇대, 누구든 담벼락에 밀어붙인 채 클라이
맥스를 재구성하고 지난날을 토렴한들 결국 달아오르는 건
자신이니까

정말입니까 골목 구석에 햇살을 문 빵 봉지처럼
빵인 듯 함부로 부풀어도 되겠습니까

깨달음은 늘 조금 늦은 편
투 머치 토커 씨, 당신 주 종목은 질문이야 함부로 넘겨짚지는
말게

오른팔을 들고 패총에서 발굴된 인골처럼, 담뱃값 인상에
기호를 바꾼 세 아이의 가장처럼
주머니에 들키고 싶지 않은 얼굴을 구겨 넣고
사탕에 주린 아이들을 피해 방구석에 숨고 말지

어제 당긴 방아쇠가 골목에 죽은 새를 던져 둘지라도

이제와 고백이지만
당신이 믿던 나는 후미지기가 표절본 소설의 가장 눈부신 대목

반지는 담배 연기처럼 금세 흩어지고 무한한 후일담이 되지
살아 봐서 아네만
타앙! 파경은 시작의 다음 장에 써 있다네

그쯤 해 둘까
다만 사랑이 끝난 뒤, 더 좋은 사람 만나
덕담을 건네고 방아쇠를 당길 것

빗장을 질러야 새 길도 보이는 법이니까

요즘 젊음의 주 배경인 무인점포에 들러 입 없어 그나마 인형인
것들 중 하나를 뽑고

들어 봐
기원전 묘비명에 새겨진 말인데
요즘 것들은 지나치게 오늘로 가득해

2부|

양파, 프랑스 혁명사

겨울엔
프랑스 혁명사를 읽지 얼음이 키들대는 갈피마다

그때마다 가벼워서 무거운 눈이 내려
창틀 유리컵 속 양파 뿌리가 유리창 가득 벌기도 하지

좋아
책갈피에 침이나 묻히며
창밖을 탐하는 양파를 위해 입김을 불고 물을 받는 게
전부라서 좋아

어느 소속인지 바람을 묻는 창문을 핑계로
담요 속 불타는 바스티유를 비웃어도 그만

그러나 가끔 출근하듯
어색한 정장을 하고
목마른 양파와 냉장고까지 산책을 간다네

먼지 쌓인 구두 근처에서 잦아드는 길의 아우성

보았니, 순백의 눈처럼 금세 더러워지기도 하는
혁명을
창밖을
창백한 겨울을
이파리를 밀어낸 만큼 양파는 쭈글쭈글해지고

누구든 밑동엔 가려운 뿌리가 접붙어 있대
끝끝내 유머로 가득한
양파의 혁명사를 읽네

우릴 둘러싼 껍질이 까르르, 뒤집어지네

노을의 서사

한강 둔치 너머

하늘엔 타다 만 연탄 한 장 떠 있어요
눈도 입도 다 지운 누이는 창백할 뿐, 아무 감흥도 더할 것 뺄
것도 없이

1973년 이후, 강물에 세상 저녁을 불빛과 봉합하며

재봉틀이 돕니다
누이 마름질은 손톱을 박아 잠시 붉고
이슬은 눈가에 고인 뒤 풀잎에 맺혔다 야트막히 별로 뜹니다

베이비부머세대

우린 나날이 무거워지는 장르

어제의 무릎을 베고 잠에 들어

라디오를 켰죠 교정 가득 칼이 꽂힌 꿈을 꾸었어요

동해물과 백두산이 마르고 닳도록

오전 9시 선글라스의 휘파람을 따라

둘, 셋, 넷 좀비들이 은사시숲으로 사라집니다

우린 새끼손가락을 건 소나기와 햇살이 모텔에 들어 낳은
무지개

숲을 헤매다가 군화를 얻어 신고 빠져나와

골목 검문소에서 친구의 이름을 적고 돌아오죠

소스라쳐 가장 가까운 나나 목 조릅니다

박수 소리로 가득한 우리의 손바닥을 회수합니다

그러나 입 속에 뿌리내려 자라는 얼룩

장르 밖 이 이야기는 결코 끝나지 않아요

빛과 이파리를 합하면 얼룩무늬 샤먼이 됩니다

다음은 누구 차례인지 묻는 골목마다

군홧발 소리, 끝나지 않아요 우린

세기를 지나도 죽지 못합니다

스위치 속의 모르모트

주름관 속으로 두 가닥 전선이 끌려든다

저이의 박자에 맞춰, 전선은

사람보다 많은 이별을 싣고 플랫폼을 벗어나는 기차처럼,
뒤늦게 달려와 울타리를 잡고 주저앉는 사람처럼

길 건너편 신호등 너머 전등가게에는
손을 맞잡은 신혼부부가 웃음소리에 켜지는 식탁 등을
고르지

틀림없이 저이는 주름진 공간에 평행인 시간을 축조한다
한 움큼을 한 아름으로 바꿀 수도, 증기기관처럼 어둠을 쌀밥
한 공기로 부풀리기도 한다

밥은 키스가 되고 혀는 스키처럼 활강하고

전선은 뜨겁고 장갑이 필요하다 여보세요? 보고 싶어요

물 호스를 꺾듯 저 전선관을 밟으면 전등이 꺼질까
심통 부리지 말아요, 우린 우아한 홍학이 기웃대는 물속을
헤엄치는 중이랍니다

그림자뿐인
연극처럼 사랑을, 전선은 여전히 불꽃을 흘려보내고
통성기도처럼 팔뚝에서는 보일러가 돌고

안개 속에서 떠오르는 전신주
물속까지 가지를 늘인 버드나무
침대 가득 거슬러 오르는 물고기 떼

저이가 다는 스위치는
우리의 밤낮을 끄거나 켭니다

콘센트

종일
덤덤한 벽에 얼굴을 달아 줍니다

조금씩 일그러진 표정, 떠나간 얼굴들 모두

세 가닥의 전선 두 개의 나사에 묶이죠
면벽은 구도적이에요 무표정하려는 경향입니다

평면의 사원에 플롯을 재구성합니다 단다와 달다
그리고 달 것이다, 는 시점의 문제

콘센트마다 한 사람이 꽂혀 충전되기를 바라는 것이 종교가
될 수 있을까요

밤새 시효 지난 꿈을 고정하는
두 개 무표정한 나사를 알고 있어요

낯익은 설비공이 변기를 놓고 물소리를 흘려 봅니다

버릴 것들이 많은 수도승처럼
모두를 대표해 울어 주는 수도꼭지처럼

나는 멀었습니다 면벽 뒤엔 신발을 고쳐 신고
플러그에 딸린 티브이처럼 채널이 많습니다

전체이자 부분, 면벽은
끄고 켤 수 없어야 하며
누구에게서나 벽이어야 합니까

뮤를 탐하다

킬라우에아 화구가 깨어났다는 뉴스
해저에 잠든 거인의 배꼽, 하와이
몸을 뒤척일 때마다 거친 잠꼬대처럼 용암을 쏟아 내지

독감이 들어 똬리 튼 몸을 운전석에 접어 넣고
용접 아크처럼 치직치직 이어졌다 끊어지는 신호등을 건넌다
종로 3가를 향한 러시아워가 지중관로 같다
이 시간 서울은 어떤 길도 불빛이 이는 오르막인데

다 집어치우고
어때? 낚시 한판
페달에 얹은 발을 직신대며 찰랑대는 물소리
챔질에 자오선이라도 걸려들면 거기 매인 것들은 다 어쩌고?
맞받아치며 던지는 야광의 찌 하나

다랑어가 네온을 물고 물보라 하나 없이 일식집 간판을
솟구친다 물과 한 몸이 될 때까지 물고기는 얼마나 저를
깎았을까 생각에 물씬 비린내가 터지는 순간, 동심원 속으로

끌려드는 네 칸 반짜리 낚싯대

　순치되지 않는 원시의 비늘 몇
　뮤의 아가미 인어 겨드랑이로 휘어든 샛길
　사는 동안 낚아챌 목록들이다
　간혹 교차로 갈라진 틈으로 언뜻거리는
　거인의 시뻘겋게 갈라진 발꿈치까지도
　채비 거둘 때면 젖은 일체에 대한 경례! 물결을 훔쳐 새긴
손바닥을 펴고

　이 긍정은
　전설에 하반신을 맡긴
　돌사람
　모아이들의 것이다

오렌지 중에서 구름의 지분

자전하는 지구보다
오늘은 뚱뚱한 구름이 더 빠르다

저장한 빗소리를 꺼내 주르륵, 상대의 심장으로 흘러들 수도
있다

온몸을 반대로 기울여야 중력을 떨쳐 내는 물동이처럼
가파른 계단에서 엎지른 무릎처럼
눈물이 붉은 토마토처럼

주근깨 소녀는 후다닥 내 심장에서 놀라 달아나고

정오 못 미쳐 자전거를 탄 연인들 뒤를
욱신대는 소나기가 뒤따라 뛰어간다
나무 아래 남자 옷섶을 파고든 아이를 여자가 감싼다

손바닥 들뜬 굳은살의 암시처럼, 비는 왜 헛손질만 같을까
얼룩말처럼 중의적일까

밥집 골목, 웅덩이 가득 비의 종종걸음들
넥타이에 묶인 한 무리의 구름
그러나 식당엔 찌개가 끓고 식-식- 에어컨이 입김을 내뿜고

소나기는 아이스크림처럼 금세 막대와 얼룩으로 바뀐다

건널목에 몰린 이들이 일제히 한곳을 올려다볼 때 무지개는
커다란 창문이 되기도 한다네

가로수 잎에 맺힌 물방울 속으로 버스가 들어간다

갸우뚱하는 푸른 지구본의 경도를 따라
막 나온 햇살이 칼날을 밀어 넣는다

지구는 둥그니까
어디선가 오렌지는 익어 갈 것이다

팬데믹

구피들이 어항 유리 밖 구피를 좇고 있다
몸을 채운 물감이 빠져나올까 봐
끊임없이 물을 삼킨다

거실, 늘어진 티셔츠 속에서 나는
창밖 칭얼대는 가랑비에 젖은 몸을 맡긴다

바깥이 안을 적신다는 것을 아는 일
넘어갈 수 없을 때 건너편은 손짓들로 가득 찬다는 것을

세상에, 마스크 속 내가 삼킨 세계를 냄새 맡는 일은 역겹구나

웅덩이는 빗방울이 그린 각각의 밑그림을 모아
얼비친 건물들이 된다

짐승을 외면하느라 사람들은 얼마나 힘들었을까
내게 속한 너의 덩굴장미를 지우고
회화나무 아래 엉킨 두 그림자를 변기에 토해 놓는다

앓는 동안 나만 바라본 눈이 퀭하다
저 안쪽으로 누군가 절룩이며 걸어 들어가고 있다

내일은 담벼락만 살아남을 거라더군
그건 크레파스 상자를 걷어찬 노인들이 무지개를 검게 칠하며
하는 말이지

귀와 입을 묶어 놓으니 나 이외의 타인이 모두 의심스럽구나

어항의 구피가 유리벽 너머 구피에게 하는 짓
크레파스는 단 한 가지 색만 남아도 크레파스라 불릴 것이다

회전주택

집이 좁은들 천장에 놓을까

식탁을 장만했어 2인용이야
여분의 의자가 주는 기대감 따위를 배격하며
우린 우리 것이 아닌 기분으로부터 방어적이지
딩크족? 희망봉과 Cape of Good Hope는 다르다고 답할게

집과 자동차 중 하나를 택해야 한다면
축하합니다! 일단 부둥켜안고 울기로 할까 생각이 몸으로
바뀔 때까지만이라도 세속적일까

여섯 개의 공이 꺼내 오는 숫자로 조합해 보는 쇼핑과 여행

그러나 우린 캡슐을 견디지
몸만 겨우 구겨 넣는 최소 단위의 n이 되어

오후 3시 30분에서 4시 00분 사이 당신이 돌아오면
칼날에 튕긴 무 조각처럼 나는 당신을 스쳐 도마 위에서

계단으로 쏟아져 출근을 하지

시클라멘이 목 뽑아 햇살을 좇던 창문이
우주의 별들이 그토록 기웃대던 곳이라니

맙소사, 당신을 위한 케이크에 가부좌를 튼 파리
누가 꺼내 놓았는지 누가 잊었는지
반나절 좋이 조리대에 놓여 두부를 빠져나가는 두부

얼마나 으르렁대야 서로의 울타리가 이해될까
머잖아 우리는 오아시스와 사막으로 대치하겠지만

Happy Birthday To You!
서로의 허리를 잘라 삽목을 한다면 우습지만, 먼저 뿌리내리는
쪽이 당신이기를

냉장고에 휘갈겨진 메모
ㅡ끊어진 전구를 갈고 활주로를 닦을 것ㅡ

그래, 우린 서로의 내일이니까

종이비행기라도 접어야 할까
몸무게가 사라지는 휴일이니까

아직 우린 서로의 쓸모를 인정하는 편이다

함께 걸었다

가을은 주로 제안하는 쪽이다

가볍게 산책 어때요?
노랗거나 붉게
궁금해 궁금해
입술을 바스락대는 나무의 잎들

가을은 지혜롭다 꼭 답하지 않아도 될 쪽지를
슬리퍼처럼 현관 앞에 던져 놓는다

매일매일
팔짱 낀 우리가 헤어질 이유를 지어낼까 봐
지루하지 않도록
대문은 식구들을 뱉고 주워 담는다

끈 없는 신발을 신기고 커플티를 입힌다
인과론으로 서로에게 묶인 붉거나 노란 질문들처럼
간간이 푸른, 삼원색이 아니어서

주르륵, 어둠으로 쏟아지지도 않을 것이다

햇살로 짠 스웨터를 걸치고
유영하기 좋은 가을을 몸무게 없이 걷는다

나란한 햇살은 그늘이 되고
냉장고에 딸린 플러그처럼 플러그에 반응하는 온도센서처럼
괜찮아, 괜찮다니까 가로수들이 생각났다는 듯 곁에 서
있고는 한다

나무는 심리학을 전공했을까
다들 그래, 잔가지를 뻗어 어깨를 다독이는 손이 대체 몇
개야?

걷는다
밀쳐 두었던 나를 데리고 미안한 나머지 발을 맞추다가
문득 고개를 들면

머릿속이 무성해진다 붉거나 노란 간간이 푸른
삼원색으로 진지해서 명랑한

질문들이 북편 고개를 넘고 있다

도둑의 시퀀스

— 도둑질을 하다 들키면 해하는 대신 입에 재갈을 물린 뒤
손발을 묶고 어둠 속으로 사라지던 이가 있었지

초점을 맞추고 오래 눈여기면
무언가로 바뀌죠 어둠 얘기예요
웅크릴 구석이 많고 몸에 꼭 맞죠

어둠에 적당한 새로운 재갈을 발명했어요
상상해 봐요 입 안 가득 군침이 도는
쫀득한데 맛까지 그만인, 시간차를 두고 포만감으로 바뀌는
탄수화물의 체제를 말예요

품 넓은 어둠을 배우기 위해
차별 없는 밤의 학교에 다닙니다
담임선생님은 담쟁이, 나름 유머가 깊어요
빨판투성이 몸으로 툭하면 틈을 엿보고 담 밖으로 새어 나가죠
누구세요, 시치미를 떼고
여기까지가 정말 제 몸입니까? 진지하게 묻죠

—사용 직전에 완성할 것 온기가 있는 동안 사용할 것, 가급적
사용하지 말 것—
선생님의 조언을 참고한 새 재갈 사용법이죠

주 재료는 잘 불린 찹쌀 한 줌
명상에 든 심층 암반의 물 두 홉
불꽃의 조력이 필요합니다 아— 달아오른 돌솥이 발가락을
오그릴 때를 기다려 뜸 들이는 절제도 중요합니다

찰밥을 치대 떡을 빚는 일은
설명 불가, 어둠에 든 산이 둥그레 어깨를 말듯
아기가 태연히 제 발가락을 당겨 입에 물듯

꿈꿔요 누구의 어둠도 찢기는 일이 없기를
재갈은 끝끝내 주머니에서 찰떡인 동안이기를

고백합니다 누구누구의 사촌처럼 나는 멀고도 가깝습니다
어둠을 추종하고 당신 건너편 길입니다

귤은 껍질까지 둥글고

아이 두엇 물어 오느라 잇몸에 그믐을 들인 여자가
몸 일으키며 가랑잎처럼
웃는 병상에

엉덩이 디밀고 앉아
나는 봉지 귤을 까고

봉변에 놀란 도마뱀 꼬리처럼 툭 툭 끊기는 말들

가늘게 떨리는 손바닥에
노랗게 가른 귤 조각이나 건넨다
시린 일이 귀밑머리에 쌓였는지 간밤의 잔설들

암은, 아무렴

귤은 껍질만으로도 여전히 향기롭고 둥글더라, 끄덕이면
마주 끄덕이는 누이

부끄러이 더덕꽃 낯으로 그늘진
앞섶

아이 셔, 나는 돌아앉아 흐렸다

3부|

극장 '팬티'

팬티 얘기라고는 말 못해요
볼록하니 무언가를 숨긴 저 안쪽의 일이죠

동네 제일 큰 목청이
건널목을 막고 온몸이 바퀴인 기차와 연애한 얘기로 오해
하셨다면
이렇게 말할게요

N과 S의 무대, 팬티는 간이역도 회의장도 된답니다

문은 지혜로운 곰이었다죠 김은 미역처럼 미끄러웠을까요

다른 배역들도 있어요 큰소리치는 상반신과
갈 곳 많은 하반신이 공을 차거나 삐라를 다툽니다

내외하지만 악다구니 끝엔
대체로 간절한 커튼콜, 서로의 그림자를 부둥키고 어긋난
미래를 손질하죠

울음은 기적이 되고 획기적인 내일에 닿기를
팬티 속 녹슬어 가는 38량의 기차가
넌더리나는 정중동을 견딥니다

치킨게임이냐고요? 팬티는 주방으로 바뀌고
먹고 합시다! 키친은 어떤 음식이든 꺼내 놓을 거예요

아, 편향적이랄까 봐 귀띔하는데요
우린 기적을
믿어요 미래를 꾸리는 중이랍니다

4부 |

클라이맥스라고는 없는,

늙은 주인과 황구가 살았습니다
물어 간 신발을 실랑이하며

산기슭, 나이 든 황구와 주인이 살았답니다
몸을 치대고 벼룩을 옮기면
신발과 뒤꿈치가 튼 맨발을 내보이는 마음을 주었습니다

침침해진 눈이 허락한 만큼만 또 하루가 미끄러져 들어 흐릿
할 때

봄날 지나 깊은 밤 건너 바야흐로 아침이었는데요 시들한 몸에
아지랑이가 가장 군침 돌았습니다

울렁이는 봄엔 늙은 게 그중 위중하다는 걸 삼켜 버려서

아침 줄 이
영 일어나지 않고

두 발 누르고 꼬리 말고 툇마루 밑에
끙끙

신발 다툴 이 없어 침만 묻힙니다

종이찰흙 동물원

1

아빠 출근한다 넥타이에 구두 신고
현관을 벗어나 손을 흔든다 이번 일요일이야! 알았지?

때 이른 공원 벤치에 어슬렁대는 그늘에
사내는 눈치를 보는 비둘기
공원의 그림자가 된다

2

오늘은 태양의 날
침 묻혀 종이찰흙을 이겨 주무른다 부풀고 바뀌며 이찰흙종
흙종이찰 찰흙종이로
풍선 하나만 빚어도 아이가 둥둥 떠다니는 날

항상 몇 발짝 앞서 모퉁이를 도는 사내
찰흙을 주물러 동물들을 만들고 풀어놓는다
목이 짧지만 기린이고 커다란 입이 전부지만 하마인

어쨌거나 동물원

지나간 곳을 주물러 금세 지나갈 곳으로 바꾸는
함께하던 그림자가 발바닥에 기어드는 정오
점심으로는 등 뒤에서 짠! 하고 뭉쳐 낸
햄버거 세 개, 아이 것은 콜라를 곁들여 앙증맞게
아내 몫으론 레이스 양상추를 듬뿍, 사내는 그냥 먹기 버거운
햄버거뿐이지만
둘러앉아 맛있게도 냠냠
들킬까 봐 오후엔 서둘러 비구름을 꺼내 뭉뚱그린다

휴일을 뭉쳐 내는 일은
많은 종이찰흙을 필요로 한다
모자란 찰흙을 떼어 내느라 셔츠 속 깊은 곳까지
손을 뻗는다 주무르고 꺼내 온다

3
무엇이든 되어야 하니까, 되니까 사내는
종이찰흙은
내일은

이것은 당신의 오후가 아니다

낮아진 하늘, 유리면이 안쪽으로 떠밀린다

유리창을 흐느끼는 빗방울들

전기포트 스위치를 넣으면 부글거리는 뉴스

허리 숙여 바깥을 보면 상반신은 유리창 너머에서 비에 젖을까

침침한 거실은 얼굴을 감싼 채 눈두덩의 볼록한 추억을 꺼내
보기 좋다
무덤가에 핀 라일락을 쓰다듬듯 아이가 놀던 곳을 더듬는다

물은 정말 100℃에서 날개를 달고 날아오를까
어둠을 들쳐 인간이 꺼내 놓은 어떤 천체는
인간으로부터 감정도 지위도 잃는 번아웃을 경험한다

젖은 구름이 두 팔 벌려 껴안는 여기는 참 고무적이야

먼지 앉은 고지서들이 쌓인 현관으로

입 안을 맴돌던 치약 냄새처럼 저녁이 번진다

번개가 친다 다리를 잃고 전장에서 돌아온 병사의 뒷모습이
허물어지듯 꾸릉, 천둥소리

어둠을 한꺼번에 엎지르며 밤이

명료한 윤곽을 진저리치며 사물들이 주르륵 구석으로 밀린다

알츠하이머 씨의 엄마와 엄마의 나와
나의 잭

따라해 봐, 엄마
잭의 콩나무 위로

나는 노래를 가르치지
이 세상 모든 노래의 도입부인 당신께

아침은 창문과 눈 맞은 가구부터 일으켜 세우고

언제나 명랑한 주머니 속 열쇠꾸러미처럼
안녕 잭? 안녕? 안녕?
나의 인사는 낡은 서랍을 열듯 조심스레 이불 속을 더듬지
눈 감고 손끝이 환해지기를 기다리지

이불 속엔 엄마의 호수
나의 내수면에 잇닿아 온몸이 간지럽지
흔들리는 빈 배처럼 맨발의 당신은 물 위를 걷고 물고기가
날고

맨발아, 엄마의 물고기야
일 다녀올게
토닥이며 속삭이지 문은 밖에서 잠글게

잭, 네 콩나무 콩깍지는 대체 언제쯤 콩을 퉁겨 낼 거 같아?

도무지 대답을 모르는 못 친 창가를 지나
구두가 엄마를 기다리는 현관을 벗어나네

내 노래의 끝자락을 잡으려면 고개를 들고
반음 더 높여야 해요
그런데 엄마는
어떻게 노래를 아교로 나를 뭉쳐 냈을까

어쨌거나 트랄랄라, 내 노래가 화창해
출근길엔 빗방울이 들이친들 무서울 게 없고

아무것도 아니며 전부인,

붉은 눈으로 경찰서를 벗어나니
간밤의 네가 정문 앞에 서 있다
겨우 찾아든 간장게장집에서 무릎을 맞대고 나누는

담소

왜 하필 내게 연락했어?
퀭한 눈으로 뒤늦은 아침을 주문한다
간밤 우린 아고라엘 갔고
행렬에 휩쓸려 맞잡은 손을 놓쳤을 뿐

내가 간 곳은 스퀘어였거든
피식, 웃는 너
진술을 끌어내기엔 너무 모호한 대답이군

시간이 이른지 반만 불을 켠 식당의 애매한 밝기

등딱지는 왠지 금기만 같아

주어가 게야 나야? 지금 군침이 돈다는 말이잖아

아니, 불완전한 인간의 직립을 이해해 보자는 거야
젓가락으로 등딱지를 시비하는 동안에도
무른 속 내보이며 게는 여전히 엎드려 있고

연애는 말이지 입술에 붙은 밥알이
여전히 밥풀로 보일 때까지래
이해해, 혹 비린내가 끼친들 털고 일어서기가 어디 쉽나

희대의 도둑 간장게장집이라서일까
순찰차 경광등 긴 혀가 유리창 넘어 차림표를 핥고 있다
만약에 말이야 지팡이를 선택했는데
손잡이뿐이라면

조금씩 안 그런 게 어딨니? 인간의 언어는 침이 묻고 지나치게
두루뭉술하다

주위가 어두울수록 너는 불편하게 환해지더라
언제 게걸음 배우러 바다나 갈까
지금 내게 청혼하는 거야?

현실은 모두의 옆구리 깊이 박힌 못 같은 것

세 번 네 번 앉은 자세를 바꾼들 아고라와 스퀘어 사이 어디
그래, 비키니와 꼬리뼈의 관계가 궁금해 미치겠어

밥 먹다 말고 우리도 참
아무튼 네 입술의 밥풀은 내 것이야

액자들

1

칸델라, 밤새 강설량을 엿보는 창문의 단위지

그렇습니까 누구에도 얽매이지 않을 하얀 자유가 머리맡에 쌓이는
백수의 새벽은 유난스럽죠
소행성 B-612호는 어때?
새벽의 전화기 속으로
외투만 두르고 불쑥 몸 들이미는 너

2

석류와 무화과 사이 빈방에서 우린 만나고 서로의 태엽을 어루만지죠

체스를 두듯 서로 공수를 번갈아
세상을 재배치합니다

오늘 부엌의 채플린은 여장을 하고

새벽을 헹구고 익살로 부끄러움을 씻어 안친
밥을 지을 겁니다

3
도무지 올 것 같지 않은
미래라는 백야, 폭설뿐인 미래, 혹은 만약으로 가득한 노래
너는 거기서 살며 밤늦도록 나를 노크하고

비행기를 몰아 꿈으로 망명한 생텍쥐페리를 훔쳐보다 맞는
아침

화성에는 폭설이 내렸다 하고
운이 좋다면, 아문센 탐험대 개썰매를 끌 수도 있을 텐데

쓸데없이 스프링이 가득한 진취적인 침대에서
전화를 받는다
아문센 탐험댑니다 이력서를 내셨던데요?
눈길을 뚫고 갈 썰매 개가 필요해요

북극에 가면
프로이드와 생텍쥐페리 중에
누구를 먼저 구해 썰매에 태우지?

완성되는 세계란 없다 내게 등기된 창문 하나 없이
늙어 가는 아이가 있을 뿐이다

까르르, 그래도

어찌 나뉘어도 나머지가 남는
광장

넷이 도착하고 세 개의 의자가 남았다
이러나저러나 우린 '그래도' 회원
자리에 앉으면 헤아려 주지 않는 모임

수 년 동안 퍼붓던 눈이
얼음으로 고쳐 앉고 다시 수 년
봄인데도 손을 불며 추위에 떤다 그럼에도 불구하고

태양은 끓고 거리는 얼어 인간은 영원히 부목이 필요하다
그래도

부글거리는 자기를 들여다보는 기영이는 머리가 없고
미시시피에선 여기가 생각나지 않더라
계영은 취재 중인 다큐멘터리 '범람'의 속을 내보이고
뭔 강 이름이 뭐 저리도 극적으로 빨갛담?

술이나 시키자, 모든 망명객을 반기는 새로운 국가를 위해
춘희야, 넌 누구 손을 잡고 망명할 거니?

여전히 남는 의자는 세 개

뒤늦게 온 흥구가 프레임 한쪽을 바다로 열어 놓은 사진 속
자맥질 마친 잠녀가 해삼으로 아이들을 기르고
집을 짓고 명패를 달고 벽에 기대어
입에 뇌신을 털어 넣고 있다

수많은 질문과 대답은 앵무새에서 앵무새까지
수십 년째 우린 변기 없는 이데올로기를 어쩌지 못해 미성년

다 오지 않아 성원인 채로
헤어지기 전까진 텅 빈 서로의 배후가 되어, 깔깔
까르르

그래도

접거나 펼칠 수 있는 기분

손잡이가 달린 주머니가 있었다
보풀이 가득한 소매가 있었다

아치형 창가 유리에 입김으로 휘갈긴 낙서 가로등 아래 우산
속 서로의 입술로 투신하는 연인들

이마를 찌푸리면 내용물을 토해 놓곤 하는 주머니가 있었다

그것은 펼쳤던 우산을 접는 일
그 아래 번지는 얼룩을 소원하는 일

중첩되는 시간을 얼굴로 바꾸면 한 사람의 백 가지 표정이
된다

일곱 난장이를 깨우는 백설공주처럼
톤을 달리한 일곱 개의 인사를 건네는 아침처럼
처마에 맺혀 저마다의 속도로 괭이질을 하는 물방울들처럼

신경질적인 손가락을 손톱이 단단히 누르고
아이는 동화 속의 날씨를
그날의 손가락으로 삼고는 했다

가을이 젖은 잎 하나를 손잡아 주려다 놓치고
오전에서 오후로 페이지를 넘기면
문 두드리는 소리가 들린다 폭설이 퍼붓고

얼굴을 쏟아 새로운 표정을 건축하는 모래시계처럼
단호하게
누군가 나의 기준을 바꾸고 간다

접힌 우산에서
옆 사람이 자꾸 바뀌는 하루가 흘러내린다

일곱 번째 얼굴

무면증이군요 얼굴이 사라지는 증세죠

낮엔 새까만 맨발로 허공을 걷다
돌아와 자신의 등 깊은 동굴을 탐험하는 경향이죠

새처럼, 이번 생은 창문을 현관으로 쓰기로 한다

베란다 지나 거실 너머 주방
빈 방 밸브를 찾아 싱크대 속에 몸을 기울이던 배관공에겐
지은 집만큼의 보일러 연통이 꽂혀 있겠지

소름이 불꽃으로 바뀌는 세계, 거실은 쓸데없이 연소되는
예민한 나를 센서 삼고

넌 미끄러운 게 매력이야 둥근 접시가 떨어져 수백 자루의 칼이
되듯

가변적이며 오늘처럼 위험하지

손가락의 채송화를 꺼내 보이고
구석으로 달아나 웅크릴 만큼 도덕적이다

등을 이해해, 매번 다른 나라의 변방으로 깨어나거든
몇 번의 변태로 자신과 헤어지는 에이리언처럼
그 숱한 걸 지고 다녀도 여전히 후미지니까

가끔 네가 나를 보일러로 쓴다는 걸 알아
핏줄 속으로 종이컵에 담긴 카페인이 떠다니고 안개꽃들이
보일러를 휘돌아 가지
치골 안쪽으로 거뭇한 털북숭이 심지도 보여

선생님, 불꽃 얘긴 됐어요 제 병명은 제가 압니다

등받이 깊이 기댄
의사이시자 병명인 내게 '니다'체의 공적인 자세로 말한다

보일러가 돌기 시작한다 커피가 끓는다

풍뎅이가 집 안에서 발견될 때

그렇다 아니다, 그렇다 불꽃을

한 잎씩 떼어 내면 불로 뛰어든 것들의 날개만 남는다

트라이앵글의 정반합처럼 삼촌을

나는 믿었다

아지랑이 무지개 밑변을 이루는 나의 심각함, 가령

몸무게는 어떻게 무게를 버리고 몸으로 돌아다니는지

방충망을 통과해 태연히 형광등으로 뛰어드는 벌레들

이해할 수 없을 땐 초월하거나 월경하는 게 사람이지

행불자와 행불과 사건의 모서리

그리고 날개, 불편한 여기인데 완벽한 저기가 얼비치는

기어이 방충망을 기어든 벌레들이

빛이었다가 삼촌이었다가 아침 쓰레받기에 쓸려 간다

그날 나는 다락에 숨어들어 머리 흰 책을 찢어 버렸지

마주할 얼굴들이 열 지은 거울의 뒷면

벽장에서 발견한 제적등본의 얼룩처럼, 그 무한한 선험으로

안간힘을 다해 구멍에서 늙고 구멍을 빠져나온다

감정을 연료로 그을음이 전부인 인간들이

형광등 잔광으로 일렁인다

쓰레받기가 태평하게 그을린다

바누비누 이민 안내

처진 어깨를 추스르고
바누비누로 가요 함께
내내 뒤쫓던 전신주를 떨치고 가요
무엇을 신어도 맨발인 채로

울타리가 없고
바누비누는 하지 말라는 것이 없어서 아등바등이 아닌
바누비누
새 깃털을 덮은 버드나무 아래를 지나
마침내 물에 비친 얼굴이 전체인 곳

바누비누에 가자고
주문을 외는 눅진한 오후가 오죠 누구누구의
집이 아니어서 바누비누엔 개도 없고
정강이에 박힌 이빨자국 몇쯤은 물결에 씻겨 사라지지요

모잠비크로 과테말라로 간대도 어쩔 수 없지만
바누비누엘 가다 갈림길을 만나면

수염을 다 뽑고 주머니를 덜고
강을 만나면 쇠붙이를 버리고 첫 물결에 발목을 내주고
돌아갈 일 따위는 아예 없도록

바누비누로 가요 우리

각진 모서리를 지난 뒤에나 알아채서
되돌아보면 처음부터 그랬다는 듯 둥글어지는 곳
아이들인 국민이 아기로 늙어 가는
바누비누

물방울 하나에 세계가 들어앉아 있지요

전지적 뉴스 시점

오피스텔 옥상에서 쏟은 박력분 한 포의 백야

날아다니는 모두를 새라고 부를 수 있다면
조류도감은 난감할 것이다

지하철 통풍구의 플레어스커트, 각설탕을 탐하는 혓바닥,
둥근 지붕 아래의 매캐함, 밤 여덟 시의 피폭은 다양해요
티브이를 보며 눈 뜨고 잠든 노인들이 키우는
저 철새들을 좀 봐요 몸 하나로 천 번 거처를 옮기죠

그러니 조류도감은 또 갑갑할 것이다

보이지 않는 손이 모으고 흩는 세계
물에 쓸린 레고 조각이 대양을 항해하고 물고기는 플라스틱
지느러미를 흔든다 놓친 손처럼 허공을 휘젓는 포말, 체제를
등지고 뭍에 오른 귀신고래의 무한한 흰자위, 그리고 대폭발
비린내도 없는 표정을 지을 것이다

그러니까 그물 밖으로!
저들은 선동적이며 위험한 품목이다

포승에 묶인 채 끌려가는 저 사내의 안경 아래 겹겹의 눈꺼풀이
신념을 대신하겠지

결국 나는 내일을 위해 오늘을 끄고
거리는 중음, 희뿌연 어둠
신생 정당 창립일 이후처럼 대체로 흐림

분분한 밤 열한 시, 물러가라
피켓을 버리고 돌아가는 대열에 섞여든다
보이지 않는 손이

트럭에 마감뉴스를 싣고 항구로 간다

모서리가 깨졌다면 스페인산 달걀이다

보이지? 원탁을 빙 둘러앉은
셋 혹은 다섯, 사람의 수가
달라질 때는 기준을 의심해야 한단다
오, 지금 막 탁자를 치며 일어선 저 이 이름은?

오늘의, 오늘날의 문제란다

늘 가까이에, 정답은
문 뒤에 그늘진 목소리에 밀가루를 묻힌 손등에
아기 양이 측은하다면 눈치챌 수도 있을 텐데

어쩌면 저이들 옷 장식이 힌트가 되겠구나
리아스식 해안처럼 풍성한 가슴 언저리 레이스

(제발, 이쯤에서 다들 파도 소리를 듣게 되길 바라)

하나같이 중세풍의 치마를 둘렀네
저이가 말하면 다들 딴청이지?

참, 호롱불이 흔들릴 때 동화 속의 늑대는 손등에 밀가루를
바르고 엄마란다, 목소리를 바꿨어

탁자 위 달걀을 모로 세웠네? 두루마리로 말린 대서양이
네모난 지구를 덮었구나
포기를 모르는 저 털북숭이 손을 주목하렴
엄마라니까, 간절하게 속삭일 것 같지 않니?

달걀은 저이를 부화시키지
13세기 말, 저기는 낮만 지속되던 스페인이야
결국 지구를 둥글게 하고 지도의 빈 곳을 채웠지

일곱의 아기 양은 오래지 않아
늑대의 먹이가 되지 슬플 것도 없는 얘기지만
흑과 백 모두를 제 얼굴 삼은
저이는 누구일까

코끼리 익스프레스

오늘의 주인공은 아프리카 부족 신화에서 지구를 굴려 밤과 낮을 창조하는 것으로 알려진 코끼립니다 거대한 몸집과 밖으로 자란 송곳니는 맹수로부터 가족을 지켜 낼 한 채의 집으로 부족함이 없습니다 높다란 지붕 아래 두꺼운 벽, 몇 칸의 방은 일생 동안 몸에 끌어들인 광대한 초원으로 깊고 푸릅니다

하지만 저들은 여전히 사람들이 만든 베일 뒤에 살고 있습니다 거칠 것 없는 유목이 무덤 없는 생애를 완성하죠 탐스러운 상아는 이들을 더욱 신비한 존재로 만들었습니다 어쩌면 어린 새끼들이 이 의문을 해결할 열쇠가 될지도 모릅니다

긴 빨대를 꽂아 어미를 먹어 치운 뒤, 새끼들은 비로소 코끼리의 길에 들어선다고 알려져 있죠 날마다 새로워지는 밀림에 가파를 어둠이 쏟아집니다 어미의 가슴을 파고든 새끼들의 잠이 부풀어 오릅니다 어미가 웅크린 새끼를 품고 자물쇠처럼 제 옆구리에 머리를 꽂을 때, 지구는 비로소 완벽한 둥글기의 밤이 됩니다 새끼들의 꿈으로 어미의 긴 코가 흘러듭니다

밤새 코끼리가 굴린 푸른 공이 아침을 신고 옵니다
우리가 사는 커다랗고 둥근 지구, 코끼리 이야기는 원시
부족의 건기를 우기로 바꾸며 밀림을 휘감아 돕니다

장마와 옥상과 나

어디까지 빗방울인지 나는

연립주택 칸칸 깃든 흉이란 흉은 모조리 꿴 허풍쟁이 옥상과 어쩌다 인사를 터서, 툭하면 삼겹살에 소주를 끼고 옥상으로 새어들곤 했을 것 사는 게 엉덩이를 치면 멍, 궁둥일 들치면 구린내라 손가락질하며 깔깔대다가도, 대문을 걷어차는 빗쟁이로부터 옥상은 나를 온몸으로 덥석 받아 주었을 터
　장마는 사나흘을 여드레쯤으로 늘려놓고 툭하면 건달패거리 천둥을 시켜 꾸릉 꾸릉 빗 독촉이라, 친애하는 옥상마저 한껏 소름이 일어 떨 적에

옥상은 빛의 어디까지인지

아무려면요 제발, 갚는다니까요! 소스라친 빗방울이 방수층 가득 나뒹구는 옥상은, 내가 찡그린 얼굴에 쓰던 한때의 허울만 같아서, 참 해도 해도 너무들 하네 너스레를 놓으며 떼라도 써 볼 양 두 무릎 꿇고 납죽 엎드려 물 빠짐이 뭐 이렇누? 불어난 물에 얼굴이 거지반 잠기도록 홈통 깊이 팔 뻗어 휘이 휘이 저어 보는데

어라? 눈높이에 펼쳐진 옥상 넙데데한 가득 합! 합! 합! 합!
뛰어내린 속도로 튕겨 오르는 빗방울의 버블크라운이 얼마나
알싸하던지 아무렴, 이래야 사는 맛이지
　옥상에 기꺼이 널브러진 이들인데

　대체 어디까지인지, 우리는

5부

진흙놀이

아이들 맨발에 엉긴 진흙만큼
거대한 수레를 본 적이 없다

멸종된 공룡을 싣고 수억 년을 가로질러
박물관이 된다

밤이 침대맡에 커다란 웅덩이를 펼친다

박물관 가득 넘쳐나는 진흙들
여섯 살 먹은 하느님이 엿새째
일요일이 될까 이불을 쓴 채 진흙놀이 중이다

칸나가 피는 방

겨울밤, 불빛 성긴 창에는
성에조차 꽃으로 피기 마련
가만히 꽃잎을 들춥니다

가계부 지출란, 붉은 숫자에 멈춰 여자가 졸고 있군요 졸음은
어떤 세상을 저리도 그래그래 수긍할까요 필리핀 어느 한적한
길가 칸나로 피느라 여자는 잠시 형체마저 흐릿해지는데

　막 야근을 마친 사내는 사출기를 다독인 뒤 길을 나서죠
　자정의 시침을 추월하느라 숨을 몰아쉬던 자전거 페달이
멈추면, 쉬고 내일 보자, 자전거를 문간에 기대고 토닥이겠죠
이윽고 쪽문을 두드립니다
　그제야 어둠이 골목을 여미고 까무룩해지고요

　방엔 어느새 지구 저쪽이
　성큼 펼쳐져
　칸나는 금세 눈시울이 붉는 꽃
　사내가 주머니를 더듬어 싸구려 머리핀을 꺼내

여자의 머릿결을 쓸어 봅니다

훅 끼치는 숨소리 꽃대 어디를 간질였을까요
휘청하는 허리를 받은 사내가 낭창하고요
침대 위의 시간은 발소리조차 없이
흘러가고요

어느새 아침 밥상 위엔
들창 커튼을 밀치고 든 아열대산 햇살 한 장
어쩌다 발가락과 발가락이 밥상 밑에서 뒤엉켜
수저를 뜨는 둥 마는 둥 상을 밀치고 우거지는

햐—
저 광합성 좀 봐!

금세라도
스콜 한때 후-둑일 것 같지 않나요?

개 풍선껌 회사 설립 -안-

회사를 차릴까 해, 차명으로
생각을 괸 팔뚝이 묵직해지는 이 순간을 즐기기로 해 아,
페이퍼컴퍼니는 사양할래 내 취향은 뒷짐을 진 채 개똥을 피해
조심스레 공장 울타리를 한 바퀴 돌아보는 것

개를 잘 모르니 개 풍선껌을 만들기로 할까

무게조차 없는 영혼을 담보로 은행에 들를 거야 대출을 받은
뒤엔 끓는 기름 위를 날뛰는 물방울처럼 감격하기로 해 장난감
용수철의 덤블링과 문워크로 뒷걸음질을 쳐야겠지
　전화에 매달린 취업준비생을 뽑고 프레스와 반죽기를 살래
죽을 맛까지 우겨 넣을 때 그나마 개껌이라도 만들 수 있겠지
공장 구석구석 감시 카메라를 달아 뒤통수를 없애고 또 무엇을
할까 마지막으로 우리를 인질 삼아 www. 새로운 거미줄의
전방위적 질서 속으로 투신

　복잡하지만 단순한 설계야 알리바이를 만들고 모래알
같은 파트타임 노동자를 고용하고 뒷모습이 전체인 기계를

구입해야지

우린 한 배에 타지만 조금씩 자리가 다르지 생존은 각자의
몫으로 할게 초침 사이 못 보던 개가 머리를 들이미는 내일은
발에 채고 넘칠 테니까 참, 공공연하지만 개는 클레임을 걸지
않아 우린 반품과 재고란 없는 완벽한 제품을 만드는 거지
정당의 슬로건만큼이나 수시로 바뀌는, 어찌 씹어도 껌일
수밖에 없는, 근사하지 않아?

회사가 어지러우면 사회가 될까 개와 사람을 풀어놓은 뒤
구분할 수 없을 때를 오늘이라 할래 미친 듯 신문을 물어뜯는
개들을 위해 밤은 매일매일 새로운 뉴스를 문밖에 배달하지
꿈은 결코 난파하는 법이 없다네

아, 막 새로 할 사업이 떠올랐어 개 신문 창간! 어때?

어버버, 10cm

1
벽과 바닥 사이 오금에
가로로 덧대어진 '걸레받이'는 벽지와 바닥이 무릎을 부대끼며
서로를 치받는 커피숍일지도
어두운 색으로 한 발 물러앉은 것은 만남이 죄 얼굴 붉힐
일들뿐이라서일 것

2
거리나 너비, 10cm는

말더듬이 소년이 목 뽑아 훔쳐보는
담 너머이기도, 좁고 긴 골목 그늘에 웅크려 쥐 내리는 기다림
이기도
코끝에 훅 스치던 소녀의 비누향이기도
꿈꾸는 뒤꿈치를 쳐들고 무가 올려다보던 나무이기도

10cm는 신파래도 그만

낡은 집에 새살림을 난 당신은 새댁이고요 거실의 불편한
콘센트를 손보자고 수소문한 전공이 마침 어버버였는데요

걸레받이에 콘센트를 달아 달라는 갈래머리 소녀와의 모로
마주하는 해후

갓 단 콘센트에 꽂힌
대평면 티브이 속
누구든 움직이는 벽이어서 손 내밀 수 없는
악어 입에서 버둥대던 누 중의 누군가가
흙탕물 속으로 사라지는 결말

어버버, 무릎을 꿇고
오른 나사가 물고 버티는
화면의 모서리 바깥 아래쪽에
낮아 귀 기울이지 않으면 결코 들리지 않는 비명

내가 몸 낮추고 더듬어 콘센트를 다는 10cm

견디지 말아요 우리, 다시는

봄밤 중에서 조등 부분

발바닥이 간지러운 삼월이야

벌써 세 번째 밤을 질러 장례식장을 들렀지

까치발로 담 너머를 훔치듯
뒤뚱대던 풍등이 날아오르듯이
구멍 하나 남기지 않고 하늘을 끌고 사라지듯

축하드립니다 봄!

입김이 얼음 알갱이로 바뀌는 문 뒤로
조심스레 봉투를 전하고
국밥 그릇 속 고깃점으로 망자를 맛보다 돌아오지

봄밤은, 딱히 헤드라이트가 필요 없을 만큼

산수유 개나리도 조등을 내걸어
사나흘은 배웅을 나서는 때

기차는 미루나무 이파리를 흔드네

소읍

하늘이 비치는 미루나무
손금에 앉아 책을 읽어
행간으로 송충이가 떨어지지

움찔,
파우스트 씨 얼떨결에 영혼을 팔고

나는 수시로 자세를 바꾸는 미루나무 그늘을 배우지
어떻게 나를 옮기는 기중기가 되는지
이해할 수 없이 푸른, 교실 유리창 깊이
어떻게 우리가 파우스트 씨의 그림자를 갖게 되는지, 어떻게
자신도 모르게 빠져드는지

지루한 소읍
부끄러움도 없이 미루나무, 몇 번 송충이에게 옷을 벗어 준다

조치원발
서울행 기차에 올라
나는 부쩍 책을 의심하는 것으로 흔들리는 통로에 웅크려 고치
처럼 온 데가 저릿한데

차창을 들여다보면
파우스트 씨, 씨-익 웃으며 악수를 청하고
기차에 휩쓸린 미루나무 붉은 녹이 슬고

신문지를 깔고 앉은 몸을
기어오르는 휘발성의 활자들
어디선가 이런 굼실대는 삼투를 읽은 적이 있다

터널을 지날 때
나의 이명은 시작됐을 것, 그 후로도 오랫동안
불쑥 불쑥 터널 속의 나를 만나곤 한다

매해 봄 송충이가 경부선을 따라 오르며 고치를 튼다

36.5℃

주머니 속으로 뛰어든 조약돌은
심장을 갖는다 체온을 품고
수십 년을 서랍에서 산다

소년의 표정을 훔쳐 달고 소녀의 가슴에서 달그락댄다 반짝이는
뜬눈으로 긴 잠을 자다가 짧게 손바닥에서 깨어나곤 한다

스냅사진 속 흩날리는 눈발들
어두운 방 불을 켜면 어둠은 숨어들어 연필심이 되고
창밖은 옮겨 적을 것들이 가득한 일기장이 된다

푹푹 발이 빠지는, 폭설 같은 이야기

소녀에게 뭉쳐 던진 눈 뭉치가
동심원 가득한 파문으로 바뀐다

두 손바닥을 흐르는 냇물이 된다 여닫을 때마다 조금씩 젖어
안으로 깊어지는 경첩의 지문처럼

침대맡에서 강가에 이르는 몽유를 앓는다

심장은
신발 한 켤레로 몸 밖을 엿보다 항해를 나서기도 한다네
소녀가 서랍을 열면 모래시계가 쏟아지고

쌓인 모래는 주름이 진다 건반으로 가득한 아코디언처럼
어떻게 짚어도 흐느끼는 물소리로

조약돌을 든 동그란 소녀이 웃는다

손을 뻗으면 사라지는 사람
서랍에 속한다

몬스터 클럽

차가 구덩이에 빠졌다

케이프타운으로 네가 떠난 다음 날

폭우가 내렸고, 오롯이 사건에 일치하는 기억이란 없다

너는 떠나고 구덩이는 무엇이든 사랑해서

커피를 마주하고 애써 외면하는 악다구니

(함께하는 의자는 세 개)

찻잔을 뛰쳐나온 김이 누구의 입도 거부하며 날아올랐다

가방 속 서류 몇 장이 구름처럼 부스럭 소리를 냈다

4주 후에 뵙기로 하지요

입을 가린 두 개의 잔을 향해 낯선 의자가 말하고

구름은 구르고 자라 다시 커다란 구덩이를 채울 것이다

견인차가 필요한 이들이 좀 많아야죠

서둘러 변호사가 돌아간 뒤 남겨진 명함에 펼쳐질

우리들의 날씨, 혹은 명세서

그 무엇보다도

수시로 굴러와 펼쳐지는 구덩이

물 속 경주 남산

1
맨발이 된 김에 진흙이나 밟자던 것

2
경주 남산 민박집에 쉼표를 찍는다
어떤 불씨를 품어 열꽃 오른 몸엔 물 지느러미가 돋고 자꾸
어딘가를 넘보면 꿈에도 발이 부르트는 모양

3
후원에 판 연못에 하늘이 고이고 보름마다 산이 들어 몸을
씻는다 얼핏 엿보다 거꾸로 떨어졌는데 아프지 않아 전생인가
한다 물속 차오른 달빛을 뜯는 흰 사슴, 수면은 온통 파문 난
장이라 비늘 없는 영혼이 따로 없을 법한데 삼천삼백 물결이 떠
받든 진흙 배 물속에 떠 있고 물 위에도 여벌의 배 한 척 바람에
돛 올리는데

4
열꽃 핀 어느 영혼이 벗어 둔 신발 한 켤레도 함께 움찔하겠다

낮에 본 남산 무두불은 어떤 한때가 궁금해 하나같이 몸 안으로
머릴 꺾었는지, 부처 형용으로 누구의 연에 닿으려고들 제 머리를
얹고 셔터를 누르나
　낮이 얼비치는 이 밤은 어떤 인연의 물속인지 이부자리에
체온을 눕히고 빠져나와 앉은 댓돌 위 하늘엔 온통 뜬눈으로
지새우는 뭇별 이마를 짚느라 삼천삼백의 손 분주하고

　아흐얘, 발바닥이 가렵다

우리 마을 고정리

모내기도 인제 마지막인개벼, 마루를 오르다 처마에 걸린
복숭아빛 달을 재실댁이 무심코 손바닥으로 받으며 한 말이다

묻어든 진흙과 일꾼들이 죽 둘러앉은 밥상머리, 인자 열서이가
남은겨? 스물일곱이 떠났다니께 낮엔 말여 이주 난 집 철대문을
뽑자고 종촌 고물상 트럭이 들었다누먼, 암만해도 오늘 다음은
내일이 아닌개벼, 물 말은 밥을 뜨며 엄만 갸우뚱하고, 고정리는
남은 집과 떠난 집의 합인디
　어따 썩을, 발그레한 달 낯짝 좀 봐잉

봄밤은 개구리 울음 몇이 겸상을 하자고 보채서 좋다

다시 시작해야겠지? 첨부터
다 꼬부라져 낯도 물도 설은 딜 가서
간간 숟가락이 밥공기를 긁는 소리
듣던 재실댁이 젖은 눈으로 일어선다 앉았던 자리엔
흩어진 부평들 논흙 한 줌이 재실댁 행색을 하고
셋은 물러나 벽에, 두엇은 빈 막걸리 사발이나 직신거리는데

우묵한 숟가락에 그리고 그리는
내 손가락 그림은 물 그림
거기 거꾸로 비친 얼굴을 내가 알아볼 때까지
끄윽,
막걸리는 조컸네 끓어오르는 부아도 있고
어디든 말여, 트림을 어를 수 있다고 고정리라 부르면
끄-윽, 안 되지 안컸남?

괘종시계가 아홉 개째 복숭아를 솎아 우물에 던진다
초침이 묻고 되묻듯 고정리는 복숭아 나뭇가지 쉰넷, 이파리
이백서른하나, 푸른 잎맥마다 숟가락, 숟가락마다 밥공기를
움킨 손이 하나씩
지루한 나는 숟가락을 몇 번이나 엎고
허리를 뒤채다가 다시 물을 찍어 상 위에 그리는 물그림
오목한 숟가락에 거꾸로 비친 얼굴을 알아볼 수 있을 때까지

일꾼들이 돌아들 간다 울 밖 길을 여닫으며
그려 그려 그려 그려 긍정적인 이웃 개구리가 운다

어떤 진자운동

함께, 앓는
행려에

초대한다 당신은 닳아 볼록한 나의 무릎과 그늘로 부푼 옷
소매를 공유할 권리를 가지며 그림자 긴 목을 밟은 채 지난날을
윽박지를 수도
　그뿐이라면 여행이지 북극성을 축으로 머리맡을 더듬다가 손
뻗어 물컹한 서로의 한때를 나지막이 연주할 수도

튀어나온 무릎에 뭉친 흐릿한 지명, 거기 흉터로 넘어져 있는

물소리가 들린다고? 맨발로 두 귀를 마중 보내라 함께 걷던
이가 사라진 곳에서 가지런한 신발 한 켤레 발견했다면? 당신은
몇 걸음 뒤로 물러서야 한다
　거기서부터 물이다

편도가 붓는다; 고백컨대 나는 창문을 이륙하는 부메랑이다

발견되기 전까지 나는 미완, 발꿈치의 채 꺼내지 못한 발자국이다
귀 기울이면 물이 머리를 풀어헤치고 얼마나 당신 쪽으로 간절히
손짓하는지 그러므로 내 허름한 하늘 아래
어디서든 되돌아올 데가 있으므로 마침내
여기, 밖이자 안

함께 행려, 응?
응?

알비노, 지상에서 영원히

누구를 손가락질하든 우리 중의 하나

산불이 달에 옮겨 붙던 밤의 아우슈비츠를
소설로 옮긴 이가 있었죠

전설에서처럼 인두로 날개 돋는 겨드랑이를 지지는 주인공이
등장합니다

이렇게 말하고 싶었을까
번개 뒤의 어둠은 고체라는 것

꾸르릉, 하늘이 깨어지는 소리를 들어 보세요

두통거리들은 우릴 사려 깊게 하죠
먼 곳으로 달아나 제발
가책하지 마, 목마른 이들이 깨진 사발에 스스로를 따라
마시는 밤
누구의 잘못도 아니니까

늙은 여가수가 노래하는 낙원이 문을 닫습니다

우린 꿈틀대는 자신에게나
새벽을 찢고 불거지는 창문이었다가
불온한 서적이 펼쳐 놓을 에덴에서 영원하죠

과녁을 겨냥할까 봐 팔뚝에 숨긴 활을 분지릅니다
남아 있는 화살로 가슴을 찌릅니다
혓바닥은 파문은 물고 마침내 과녁이 되겠죠

유효기간이 지나기를 기다리느니 냉장고 전원을 뽑아 버립니다

나는 해롭습니까

사람의 기린

동굴 벽에 하루를 옮깁니다 무심히
몇 개의 선을 꺼내 놓는 거죠
선은 살아 있어요 부풀고 날뛰며 들판을 내달아요

손은 안과 밖을 잇죠
핏줄의 잉크는 끝이 없고 동굴은 주술적이에요 고백체의
울림을 갖고
거친 들소 무리쯤은 단번에 익히는 오븐이 됩니다

잠시 쉬는 두 발을 김 오르는 생각이 내버려 둘까요
저 너머로 가시덤불에서 튕겨 오르는 새, 비탈을 한참 굴렀는데
여전히 스프링으로 가득한 털북숭이 공들

무지개는 대체 어떻게 아이들을 시위에 메기는지

모닥불을 둘러싼 그림자가 흔들립니다
검은 머리는 이상한 어둠을 포함하죠 가늘고 긴 목 위의 세계는
던져 버리기 좋습니다

버릴 수 없다면 손닿지 않게

보세요 등에 지퍼를 달았군요 상대가 필요합니다
자신을 가두고 타인을 열쇠로 쓰죠 반죽으로 되돌려 놓을까
봐 온몸으로 팔을 누르고 잠에 듭니다

무지개를 좇아 아이들이 들판을 가로지릅니다
다락방에 감춘 잡히지 않는 것들에 대해
우린 치직—대기나 할 뿐

라디오를 조립한 뒤 남는 나사처럼 연장통 구석 스패너 아래
버려진
온몸이 안테나인 짐승을 압니다

가속이 붙은 수면제처럼 잠으로의 자유낙하를 위해 목이 긴
일곱 개의 질문을 준비합니다 아까시나무의 바깥에서

함께 살 수 없으므로

기린은 죄와 선물 모두

다만, 기린의 미래 기린의 크레바스 기린의 천둥과 번개
가시를 매달고 뒤엉키는 연인들의 기린
낮달 아래 담벼락에 기댄 해바라기와 노인
그러나 비탈을 구르는 사과는 사과를 빠져나와 의외로
멀리까지 갈 수 있으며

종루에 똬리를 튼 긴 꼬리 종소리처럼
우린 종잡을 수 없는 머리카락을 가졌습니다

아돌프의 밤

나는 내 이름을 새긴 공이 필요하고

걷어차기 좋은, 천진한 엉덩이의 루돌프처럼 술주정뱅이처럼
어둠을 관통한 이들은 하나같이 새로워지지

굴뚝을 잃은 이들은 다들 무얼 하지
아침인데, 치켜든 팔을 자르며 하루를 시작할까 간밤에 버린
주먹을 찾아 끼고 머리맡에 흩어져 풀풀한 잠꼬대를 다시 듣고
있을까

누군가에게 주먹감자를 먹일까

전분으로 가득한 폭설의 밤
아침의 젖은 구두가 고자질한 어젯밤의 나를 닦달하지
그럴 때의 우리는 적이자 이웃이면서 친구, 그러나

다시 나는 낮의 플라타너스를 사열할 거야
너희들 손바닥과 손바닥을 이어 제국을 건설할 것이다

환호는 오로지 나만의 것, 그런데

돌아서면 금세
누구라도 손을 뻗어 나를 지우고

투석전이다! 모두
감자를 들어라! 날아다니는 감자 추락하는 감자 산더미로
쌓이는
폭설은 자신 이외는 모두 배신자로 만들지
나는 달아나는 나를 만끽하려 해
구두를 신고 정장을 하고 제식처럼 경쾌하게
끝이 짓무른 사랑처럼 밤을 향해 행진하지

굴뚝을 부수고 산타를 부정하는 패자의 이야기처럼 뽑아도
뽑아도 입 안 가득 혀뿐이라면

책상 위 웅크린 불빛과 쫓기는 나를 섞어 배색하고
이젤을 펼쳐야 하겠지 손바닥엔 붉은색이 너무 많지만

붓은 누구의 머리카락이었을까
4월 30일, 비로소 나를 점령한 기분을 색칠한다

유서는 예언에 가까웠으면 좋겠어 미안해, 라고 읽혀도 좋아

이제 남자들은 거의 없지만
내일이면
사람들은 굴뚝을 고치고 사내아이를 낳고 또 낳겠지

올해 감자농사는 대풍일 거야
내가 없으니까

떫은맛 캔디

구름과 내연인 굴뚝 줄지은 공장지대야

여긴 언제나 땅이 흔들리지 저물녘 가장자리에 맞물린 홍시가
울컥, 떨어져 뭉개지고 귀갓길에 엉긴 어둠이 자취방까지 따라와
눕곤 해

잊을까 말까
뒤꼍 가파른 언덕을 버티던 상처투성이 감나무
낭창하고 무른 꼭대기에서 오빠가 훔치던 것이 홍시뿐이었
을까
아침을 송두리째 끌고 오빠가 동구 너머로 사라지던 겨울
감물 든 치마를 아궁이에 던져 넣던 그해

속이 훤히 비치는 잠은 감나무 낭창한 가지를 분지른 뒤 욱신
대며 끝이 나, 서둘러 아침밥을 뜨고 어딘가에 정신이 팔려 멍한
송전탑 사이를 걸어들지 어떤 날은 배앓이 끝에 한 덩이의 노을을
낳기도 한다네

감나무 위 열아홉, 혹은 그 아래 장물 같은 열넷

떫고 매캐한 마흔일곱, 갈수록 저릿한 무릎이 새삼스러울 것도
없는 나이
등을 기대면 무른 감나무가 낭창 받아 주지만, 여전히

빗소리를 사랑하는 사람들

귓바퀴의 솜털처럼 빗소리에 곤두서는 모임 '빗사모'는 숱한 소모임을 포함해요 비가 부르면 홀린 듯 저마다 홈통처럼 요란해지죠 우린 문턱이 높은 의협처럼 의뭉스럽지 않아요 높은 담장이나 방송국을 선점하는 경협과도 판이하답니다 단 한번 빗소리에 끌리는 것으로 종신회원이 될 수 있고요 탈퇴도 자유롭습니다 우린 겹겹 빗소리를 단 한 장의 고막에 투사하는 것으로 순수한 자신을 완성하려 애쓰죠 구름이 방목하는 빗소리를 좇는 우리의 디아스포라는 자유에게로의 투신이자 신생이 됩니다

지부 '양철지붕 아래 빗소리'는 중년을 넘겨 저린 무릎을 주 회원으로 하지요 희끗한 머리와 주름진 표정이 빗소리를 타고 회귀하는 광경은 서로를 알아보는 데 요긴하죠 빗소리는 시간을 거슬러 오르는 교통수단입니다 헛간 양철지붕 아래 돌 틈을 찾아가 그때에 볼모 잡힌 소꿉들을 만나곤 하죠 빗소리 한 통을 연료로 반백 년을 넘나듭니다

한 움큼의 모래알처럼 그럭저럭 지부 격인 '편의점 탁자의 빗소리'는 젊은 방랑자들이 주축을 이루죠 럭비공처럼 개성적인

데다 예단할 내일도 희미한 편이랍니다 뚱하게 거리를 두고 앉은 채 손바닥 화면의 빗소리를 들여다보느라 파라솔 바깥의 빗소리엔 무관심하죠 앳되어 되레 모를 저 깊은 눈빛을 보세요 산문 너머 일 따위는 등진 시큰둥한 사원과도 같죠 무슨 상관일까요 우린 누구라도 자신을 자신의 몫으로 탐하고 여행할 때 비로소 존재가 되니까요

　내가 속한 지부는 '차 내에서 듣는 빗소리'래요 한적한 외곽, 도로가 비탈로 이어지는 황톳길에 차를 멈추고 떡갈나무 잎에 뛰어내린 빗방울들의 재기발랄을 구경하지요 가끔은 건너 숲에 꽁무니를 처박은 차가 빗소리에 박자를 타는 것을 볼 때도 있지만, 이해합니다 소문으로나 듣던 '집 없는 연인들의 빗소리' 지부의 회원들이려니, 자연이니까요

　'지부의 설립은 자의적 권리에 속하며 누구나 가능하므로 그 어떤 사유로도 구속하거나 방해할 수 없다'『빗소리 법』에 정해진 단 한 줄은 방대한 내용을 포괄하기에 긴 장마철이 아니면 펼치지 마시길 바랍니다

　우리는 후드득이는 빗소리를 탐험합니다 앳된, 오늘보다

따스한, 어쨌거나 나일 수밖에 없는 내게로 걷는 동안이죠 초대합니다 유리창에 손톱을 박고 미끄러지는 빗방울과 마주해 보아요 우리들의 까탈과 빗소리의 소란을 다독여 요람으로 바꾸는 마술에 초대합니다

빗소리는 무엇이든 될 수 있어요 환호로 가득한 응원, 위로와 치유, 빗소리를 다져 넣은 요리, 빗소리로 솔로 두른 생, 빗소리가 윤활하는 시간 등이 순서랄 것도 없이 후드득입니다 빗소리 소속의 불특정 n으로 당신과 함께 거기가 되고 거기를 살다 지느러미 달린 생으로 환생하는 꿈을 꿉니다 나를 부분으로 하는 빗소리 전체의 세계는 황홀합니다

반려견

구석구석 얼룩을 지리고
송곳니를 내보이며 으르렁대죠

머릿속을 헤집는 방법도 터득했어요

반려는 끔찍한 나를 짐승에게 덜어 내는 방법

그토록 견고하던 적막이
두루마리 휴지처럼 쉬 찢어질 수도 있다는 것

아내의 선택은 언제나 완벽해요
죽은 이를 대신할 반려로
초인종에 반응하는 블루투스 스피커를 구입했지 뭐예요

이 길은 중세로 이어집니다

집 앞 신발가게에서는 흰 구름만 팔아요

소풍 가는 차림새로
구름은 수상한 날씨를 신발끈 삼아
뭉게뭉게 먼 곳까지 갈 수 있지요

점원 아가씨는 말을 못해요 하루치의 수화가 알프스풍
옷소매 끝에서 뜨개질됩니다 흩어졌다 모여드는 양들 흩어졌다
무성해지는 풀밭들 그 너머 발톱 숨긴 덤불을 헤치면

내가 방금 산 구름을 창틀에 걸어 두고
눈을 기다리는 제사장 댁 난로 곁 장작 묶음처럼
타닥타닥 잠으로 들 거예요

겨울이 오면 굴뚝은 간절한 신도가 됩니다
무엇이든 기도할 수 있죠 하늘에 잇닿아
드높이, 우리를 쏘아 올릴 포신처럼 커다랗고 아름답죠

굴뚝은 오래잖아 화약을 장전할 거래요
화구 속 뽀송뽀송한 우리의 엉덩이를
제사장이 한껏 걷어찰 수 있도록

침대맡으로
일제히
갓 구워진 구름이 공장에서 배달됩니다

미시시피

컴퓨터 전원을 넣습니다

손톱은 반짝이는 조바심이죠 책상을 두드리며
시간을 윽박지르죠 창문이 환해지기를 기다립니다

밤은
그렇게 낮이 되고 낮이 되고
창문 밖 밀밭을 출렁이게 하고 미시시피에 닿죠

언제부턴가
나와 무관하게 의자는 증기선에 실려 흔들리고
바람과 비, 스크럼과 혁명
또 무엇을 더 걸쳐야 저 강으로부터
나의 날씨를 보장받을까요

　도도하고 집요한, 어디든 굴러가는 미시시피는 바퀴가 틀림
없습니다

꿈으로 드는 열차, 전선을 타고 거실에 쏟아지는 폭우, 영혼
마저 비만인 공원의 비둘기, 강바닥에 가라앉아 여전히 항해
중인 증기선
　고개 들면 미시시피가 우주왕복선을 타고
　우주를 훔치려 나서고 있습니다

아시다시피 우린
아무 데도 가지 못해요 컴퓨터를 켜거나 핸드폰 속 미시시피를
두 손 높이 받들 뿐이죠

항구와 비행장을 오가는 셔틀버스는
무엇을 실어 나를까요

미시시피는 학교일까요 병원인가요
군대입니까 모든 아이들이 바라보는
멀리서 보면 푸른 지구의 대표라고 자백하겠습니다

이 밤은 당신의 나비요, 꿈이니

장은영〈문학평론가〉

이 밤은 당신의 나비요, 꿈이니

#밤 #시

이제 막 완성시킨 암호문을 타전하듯이 시인은 온몸을 손가락 끝에 실어 밤의 노래를 씁니다. 낮에는 평범한 이 세계의 일원으로 보이지만 밤이 되면 다른 세계에 속한 사람처럼 그의 얼굴은 들떠 있죠. 비밀조직원이나 스파이처럼 현실에서는 드러나지 않는 어딘가에 소속되어 있는지도 모를 일입니다. 임재정의 시는 이름 붙일 수 없는 현실 너머 어둠과 내통하는 비밀스러운 노래입니다. 그곳을 현실의 외부 혹은 현실의 이면이라고 해야 할까요? "비 올 때의 물속이 가장 고요하다는 거// 불빛을 떠받치는 것은/ 어둠이라는 거"('시인의

말')를 믿는다는 그의 말처럼 그가 믿는 세계는 '물속'이나 '어둠'처럼 세계의 표면에 드러나지 않는 곳입니다. 임재정에게 밤은 눈으로는 볼 수 없는 것들이 비로소 드러나는 시간이자 '너머' 그 자체라고 말할 수 있는 시적 영토입니다.

여러 편의 시에서 등장하는 전기공 화자는 임재정 시인의 페르소나이자 그 자신이기도 합니다. 그도 여느 사람들처럼 반복되는 노동과 일상이라는 굴레를 걸치고 살아갑니다. 특이 사항은 그가 하루의 노동을 마치고 귀가한 후에 시인이라는 존재가 된다는 것이지요. 간혹 철야작업을 끝내고 온 아침에도 그는 읽고 쓰는 일을 시작합니다. 그의 손끝에서 노동의 흔적은 시로 변화합니다. 시와 노동은 한 몸을 지닌 두 존재인 샴쌍둥이처럼 서로 영향을 주고받으며 형질 전환을 일으킵니다.

그런데 시와 노동이 분리되지 않는다는 바로 그 이유 때문에 저는 그의 시쓰기가 석연치 않습니다. 매일 출근과 퇴근을 반복하는 노동자에게 '밤에 깨어 있을 권리'(자크 랑시에르)란 명목상의 자유일 뿐 비현실적인 권리입니다. 그런데 그가 매일 밤 그것을 쟁취합니다. 그게 누구든 시를 쓸 자유와 권리를 빼앗을 수는 없지만, 그 행위가 그 자신뿐만 아니라 우리 모두의 노동에도 영향을 끼친다면 그의 시를 추궁해야 합니다. 노동자이자 시인인 그에게 묻고 싶습니다. 노동자의 잠과 휴식을 빼앗은 시쓰기란 대체 무엇입니까?

#레드썬

밤이 깊었군요. 이 밤은 제게 주어진 시간이지만 지금은 시간이 없습니다. 역설적 표현이 아니라 시간에 대한 경험적 사실일 뿐입니다. 잠들기 위해 불을 끄고 누워 있는 몇 분마저도 고용된 시간이라는 생각이 종종 몰려오곤 합니다. 눈을 감아도 내일의 출근과 퇴근을 생각하며 잠이 듭니다. 노동과 임금을 교환하는 데 동의했다면 근무 시간에만 고용된 것은 아니지요. 삶의 모든 시간이 고용되어 있다는 걸 인정해야 합니다. 순응적이어서가 아니라 자신의 생계를 책임져야 하는 어른답게 보이지 않는 감시와 억압을 감수하고 있을 뿐입니다. 노동의 대가로 얻는 임금으로 세금을 내고 삶에 필요한 물건을 사야 하기 때문에 "얼굴 반을 떼어 저마다 퇴근을 날인하고"(「진자들」) 집으로 돌아갔다가 내일 아침 반쪽짜리 얼굴로 다시 돌아오는 진자운동이 불가피하다는 말입니다. 일상을 지속하려면 삶에 대한 의구심을 다독이면서 자기 자신에게 최면을 걸어야 합니다.

아랑곳없이 바람은 공사장을 들쑤시고
인중을 찌푸린 흙구덩이 옆 철근 더미 위로
이내 후득이는 구름의 천진한 발자국들

얼굴 반을 떼어 저마다 퇴근을 날인하고 인부들이 돌아

간다

그냥 가긴 그래서

외계인 여자의 포로 김 씨를 위로할 겸 골목집으로

반뿐인 얼굴이니까 가볍게 반 잔, 건배 구호로는

레드썬!

— 「진자들」 부분

　누군들 자신을 저당 잡힌 채 "반뿐인 얼굴"로 귀가하는 것

이 즐겁겠습니까? 스스로에게 최면을 거는 삶은 우리를 우울

하게 만들지만 현실에 저항하는 건 몽상가나 혁명가들의 몫

입니다. 설사 우리에게 이런 삶을 강요한 독재자가 있다고 해

도 보이지 않는 적과 싸울 수는 없는 노릇입니다. 오해하지는

마십시오. 저도 문제가 있다는 걸 모르지 않습니다. 변명을

하자면 노동과 임금을 교환하는 데 동의한 것은 나를 전부 담

보 잡혀도 좋다는 의미는 아니었는데, 나의 의지와 상관없이

"끌려가기도 끌려오기도" 하는 "마리오네트"가 되어도 좋다

는 의미는 아니었는데 성실한 노동자인 제 삶은 "온몸이 관

절마다 끈에 묶인"(「눈꺼풀 안쪽에 쓰는 이야기」) 것처럼 어

딘가에 붙들린 시간이 연속되고 있을 뿐입니다. 무언가 잘못

된 채로 말입니다. 출퇴근을 반복하던 어느 날부터 저는 "얼굴이 사라지는" "무면증"(「일곱 번째 얼굴」)을 앓고 있지만 아무도 이 병을 치료하는 데 관심이 없습니다. 하지만 출근길에 표정 없이 한 방향으로 걷는 사람들을 보고 알게 되었지요. 저처럼 무면증에 빠진 사람들이 많다는 것을. 나을 수 없는 병을 견디기 위해 우리는 매 순간 자기 자신에게 '레드썬!'을 외치는 중입니다.

시를 쓰는 밤, 시인은 저와 달리 고용된 시간으로부터 벗어난 존재처럼 보입니다. 여기 있는 시들이 그 증거입니다. 평소보다 일찍 귀가한 어느 날 오후, 그는 삶을 노동과 휴식으로 분할하는 현실의 강요가 무력해지는 장소를 발견합니다. "봉제선 하나 없는 물속은 무엇이 드나들어도 그만"(「나는 사막으로 갑니다」)인 공백과 같은 장소입니다. 시간만이 아니라 삶의 양식과 감각마저도 분할하는 현실의 질서는 바로 이곳에서 무력해지고 맙니다. '물속'이란 현실적인 감각과 상징적 질서 너머에 있는, 언어로 명명되지 않는 실재의 영역이기 때문입니다. 실재는 현실에서는 재현되지 않고 외상적 공백처럼 현실의 기저에 있으므로 시선과 인식을 통해서 닿을 수 없는 곳인데도, 밤과 어둠을 추종하는 시인은 '물속'을 믿는다고 말합니다.

계발선인장이 가시 속에서

꽃대를 꺼내 놓았다 악어의 아가리 속에서, 손도 없이

세 시간으로 이루어진 하루는

실패한 것인가 너무 이르게 귀가한 날

넘친 적 없는 그릇을 가끔 어두운 쪽으로 놓친다

(중략)

봉제선 하나 없는 물속은 무엇이 드나들어도 그만

사막을 모르는 꽃은 선인장을 조금 들뜨게 할 뿐

블라인드를 흔들 수 있다면 무엇이든

공구통에 넣고 꺼내 쓸 날이 올 것이다

부어 곱은 손을 뜨거운 물에 불려 깨우고

신기루와 오로라 사이 내일로 출근한다

— 「나는 사막으로 갑니다」 부분

화자인 '나'는 선인장을 바라보다가 자신의 현실 역시 화분과 같이 재현된 세계임을 포착합니다. '나'는 자본이 만들어 낸 파편적 이미지가 리얼한 세계로 환원된 현실에 반대하는 자입니다. 화자의 입장에서 본다면 노동을 매개로 일상을 통제하는 자본주의적 현실은 너무 현실적이어서 빠져나가기 어려운 환상입니다. 선인장이 스스로 화분을 걸어 나오는 것이 불가능한 것처럼 말입니다. 그런 점에서 "신기루와 오로라 사이 내일로 출근한다"는 문장은 너무도 리얼한 자본주의적 환상에 정면 반박하기 위한 진술로 읽힙니다. '신기루'와 '오로라'라는 환상성을 자극하는 단어들은 '출근'이라는 단어와 좀처럼 통합관계를 형성하지 못한 채 의미의 단절을 야기합니다. 처음엔 실금 같은 의미의 균열을 일으키고 그다음엔 우리가 내일 출근하는 장소에 대해 생각하게 합니다. 단절되어 있는 노동과 휴식과 삶의 문제를 떠올리게 합니다. 마침내 현실이라는 견고한 세계가 파편적인 이미지들을 봉합해 놓은 것임을 노출되도록 만드는 거죠. 심지어 '나'는 레지스탕스처럼 현실의 허구성을 폭로할 구체적인 실행 계획도 가지고 있습니다. "블라인드를 흔들 수 있다면 무엇이든// 공구통에 넣고 꺼내 쓸 날이 올 것이다"라는 화자의 선언은 우리를 감싼 견고한 현실이 블라인드로 차단된 밀폐된 장소에 불과하다는 걸 폭로겠다는 실천적 의미로 해석됩니다. 시인은 화자인 '나'를 빌려 기어코 현실원칙을 위반하며 불온한 시인들의 계보에 자신의 이름을 적어 넣고 있습니다. 그러나 그의 이야기를 듣는 걸 멈출 수가 없습니다.

#장벽 #도둑

저녁에 텔레비전을 켜 보니 기아로 죽어 가는 아이들과 폭식하는 사람들이 연달아 등장했습니다. 방청객들은 폭식하는 사람에게 박수를 쳤고요. 이상하지 않았습니다. 두 장면은 완전히 분리된 것처럼 보였으니까요. 오히려 죄책감을 가지는 사람이 이상한 사람으로 보일 겁니다. 자본의 질서에 적응하며 살아온 시간은 자본의 한계를 뚫고 나갈 힘과 의지를 서서히 상실하는 과정이었다는 것을 확인하면서 조용히 폭식쇼를 관람했습니다.

우리가 애써 외면하는 순간들, 가령 현실이라는 견고한 세계가 균열을 드러내며 무너지는 순간들을 직시하게 만드는 시는 불편합니다. 임재정의 시도 그렇습니다. 그래서 긴장을 놓지 못하고 시를 읽다 보면 어둠이 한꺼번에 쏟아져 번지면서 "명료한 윤곽을 진저리치며 사물들이 주르륵 구석으로 밀"(「이것은 당신의 오후가 아니다」)리는 장면을 목격하게 됩니다. 분명하게 보이는 현실이라는 세계가 무너지는 겁니다. 그걸 보고 나면 현실에 대한 제 믿음의 뿌리가 그리 깊지 않다는 숨겨 둔 사실도 훤히 드러납니다. 이를 테면 자본이 제 노동에 대한 정당한 대가를 돌려줄 거라는 믿음 같은 것 말입니다. 한번도 믿은 적은 없지만 믿는 척했습니다. 노동의 대가가 정당하다고 인정하거나 동의한 적은 없지만 자본의 불평등에 항의하는 일은 불가능한 일이어서 침묵했습니다.

누군가는 우리의 현실을 자본주의 리얼리즘이라고 표현합니다. 노동은 물론 여가와 교육, 문화 등에 대한 사고와 행동을 비롯하여 일상에 대한 감각과 상상력마저도 제약하는 '보이지 않는 장벽'에 둘러싸여 있다고 설명합니다. 망상과 자기 확신에 근거하여 작동하는 이 체제에서 사람들은 긴장과 무기력과 우울증이라는 '보이지 않는 돌림병'에 빠져 있다고 지적합니다.[1] 자본주의 리얼리즘의 결정적인 증거는 자본주의 이후를 상상하지 않는다는/못한다는 것입니다. 자본 체제의 종말이란 어느 누구의 상상 속에서도 일어나지 않는 일이 되어 버렸다는 거죠. 완전한 체제란 존재할 수 없을 뿐만 아니

1) 마크 피셔, 박진철 옮김, 『자본주의 리얼리즘』, 리시올, 2018, 36~37쪽, 66~67쪽

라 자본 체제가 극단적으로 수직적이고 불평등하다는 걸 알면서도 우리의 상상력은 체제의 장벽에 굴절되어 장벽 내부에서만 머뭅니다.

혹시 독재자의 특이점이 무언지 아십니까? 자기 자신 외에는 누구의 심판도 거부한다는 것입니다. 그렇게 해서 독재자는 스스로 신의 지위에 오릅니다. 세계가 독일을 재판할 수 없다며 자신에게 투표할 것을 호소한 독재자처럼 자본도 똑같이 말해 왔습니다. 누구도 자본을 심판할 수 없으니 이 체제를 믿으라고 말입니다. "겨드랑이에 코 박고 다리 사이에 취한 개"(「밤의 아돌프」)의 형상처럼 자본은 오직 자기 자신에 감탄하며 "자신을 쓰다듬"는 자기애적 체제입니다. 자기 외에는 누구와도 대화하지 않고 누구와도 사랑하지 않죠.

제가 표정을 잃고 침묵할 때 시인은 웃으면서 체제 '너머'로 탈출합니다. 물론 그것 또한 쉬워 보이진 않습니다. "밤과 낮이/ 장미 울타리를 경계로 으르렁댄다"(「마블링」)는 진술처럼 낮과 밤, 그러니까 현실과 현실의 바깥은 '마블링'처럼 서로 섞일 수 없는 적대적 경계를 사이에 두고 있기에 경계를 넘어가는 일은 피투성이가 되는 일입니다.

깨어 보면 장미 울타리를 지나온 생각이 피투성이로 쓰러져 있다

장미 울타리에 박힌 양들 엉덩이를 모으면 마을이 된다 지붕과
울타리를 마련하고 가장 무서운 이와 가까운 이웃으로

마블링은 꿈을 매개로 하는 체제다 벌써 천 년째

밤과 낮이
장미 울타리를 경계로 으르렁댄다

— 「마블링」 부분

늦대와 양의 우화를 "천 년째" 죽고 죽이기를 반복하는 인
간의 비극적 역사에 대한 알레고리로 읽어 볼 생각입니다. 서
기 천년 즈음은 인류의 4대 종교가 확립되면서 세계가 연결
된 때라고 합니다. 거대한 인간 공동체가 탄생했고 그것을 지
배하기 위한 체제라는 것이 등장했습니다. 그런데 전쟁과 학
살의 역사가 증명하듯이 체제는 평화를 보장하지 않았습니
다. 내부의 평화를 위해서 외부와의 전쟁을 필요로 했고, 그
덕분에 인간은 늑대나 양이 되어 서로 으르렁대는 역사를 견
디며 지배와 피지배의 삶을 인간의 본성에 각인시켰습니다.
'마블링'의 체제가 근대화되면서 종교의 위상을 대체한 것은
자본입니다. 자본은 사람들을 자본가와 노동자 계급으로 나

누었고, 노동을 착취하며 팽창했습니다. 종교는 쇠퇴했지만 자본은 계속 진화했고, 오늘날 자본 체제에서의 계급은 미세하게 분화되었습니다. 지배와 피지배의 구조가 복잡하게 교차하는 바람에 이 체제는 말 그대로 만인에 대한 만인의 투쟁이 되고 말았죠. 나와 연대할 사람들을 찾기가 어려워졌습니다. 자본은 인간에게 모두가 모두의 적인 세상을 선물해 준 것입니다. 자유롭게 더 많은 전리품을 쟁취하라고 부추기면서, "장미 울타리"를 넘느라 "피투성이로 쓰러"지더라도 양들을 학살하는 성공한 늑대가 되라고 격려합니다.

임재정이 시를 쓰는 이유는 폭력의 체제인 장벽 '너머'로 탈출하기 위한 시도라는 걸 모두 짐작하셨을 겁니다. 더 궁금한 대목은 그다음이죠. 지금부터는 그가 어떻게 장벽을 넘었는지에 귀 기울여 보십시오. 황당무계한 소리로 들릴지도 모르지만 있는 그대로 말씀드리겠습니다. 퇴근 후 집에 돌아와 시를 쓰는 시인의 모습을 기억하시죠? 온전한 자신의 얼굴로 시를 쓰던 그는 돌연 어둠 속으로 사라지고 말았습니다. 어둠이 짙어지자 윤곽이 흐릿해지면서 그는 어둠 속에 배어든 것입니다. 하지만 그가 여기 없는 것은 아닙니다. 소란한 수면 아래 고요한 물속이나 불빛에 드러난 세계를 떠받치는 어둠 속, 체제의 감시에 발각되지 않을 어딘가에 그가 있습니다. 기회를 엿보는 도둑처럼 웅크리고 있지요.

초점을 맞추고 오래 눈여기면

무언가로 바뀌죠 어둠 얘기예요

웅크릴 구석이 많고 몸에 꼭 맞죠

어둠에 적당한 새로운 재갈을 발명했어요

상상해 봐요 입 안 가득 군침이 도는

쫀득한데 맛까지 그만인, 시간차를 두고 포만감으로 바뀌는 탄

수화물의 체제를 말예요

품 넓은 어둠을 배우기 위해

차별 없는 밤의 학교에 다닙니다

담임선생님은 담쟁이, 나름 유머가 깊어요

빨판투성이 몸으로 툭하면 틈을 엿보고 담 밖으로 새어 나가죠

누구세요, 시치미를 떼고

여기까지가 정말 제 몸입니까? 진지하게 묻죠

　　　　(중략)

고백합니다 누구누구의 사촌처럼 나는 멀고도 가깝습니다

어둠을 추종하고 당신 건너편 길입니다

　　　　　　　　　　　　　　　　　　—「도둑의 시퀀스」 부분

절대로 들키지 않는 도둑은? 이미 들킨 도둑입니다. 유머와 넌센스에 맞장구를 치다 보면 이 시는 마침내 절실한 고백으로 끝납니다. 인간이 만든 비극의 역사와 폭력의 체제로부터 탈출하는 전략과 전술을 보여 주는 시는 꽤나 웃기고 지극히 아름답습니다. 시인은 장벽에 균열을 만들어 해체시키는 전략을 구상하고 있는데, 얼굴을 빼앗아 가는 이 체제로부터 해방되기 위해서 그가 제안하는 혁명 테제란 이런 겁니다. 몸은 "무언가로 바"뀔 수 있는 만큼 유연해야 하고, "어둠에 적당한 새로운 재갈을 발명"할 수 있는 창의적 사고를 지닐 것! 가급적 사용하지 않는 것이 좋지만 발각될 위험이 있을 때는 찹쌀로 만든 재갈을 입에 물어 위기를 모면할 것! 도둑으로 분장한 레지스탕스들은 쫀득한 재갈을 주머니에 넣어 두고 어둠 속에서 기다립니다. 눈이 어둠에 적응하면 낮에는 보이지 않던 울타리, 자본의 장벽이 서서히 모습을 드러내기 시작하거든요. 그때를 틈타 자본이 고안한 감각의 분할선들을 훔쳐 버리는 거죠.

어둠을 응시하고 있으면 처음엔 아무것도 보이지 않고 가끔은 외로워질 수도 있으니 동지들에게 자신이 가까운 곳에 있다는 것을 신호해야 합니다. 서로 으르렁거리면 발각될 수 있습니다. "나는 멀고도 가깝습니다/ 어둠을 추종하고 당신 건너편 길입니다"라고 뜨거운 연대의 마음을 조용히 고백해야 합니다. 어둠 속에서 수군거리는 소리가 들리면 누군가 먼저 광장 어딘가에 도착했다는 신호입니다. 광장에 모여서 무엇을 할지는 모르지만 "수많은 질문과 대답"을 나누면서 약속하지 않은 누군가를 기다립니다. 혼자서는 할 수 없는 일이므로 "다 오지 않아 성원인 채로/ 헤어지기 전까진 텅 빈 서로의 배후가 되어, 깔깔/ 까르르"(「까르르, 그래도」) 참을 수 없는 웃음을 터트리면서 아직 오지 않은 당신을 기다립니다.

#시점 #나비

사람들이 모인 광장에서는 무슨 일이 벌어질까요? 꿈이라 하든, 혁명이라 하든 앞으로 벌어질 사건에 대한 명명은 그 무엇이든 상관없습니다. 문제는 시점(時點)입니다. "평면의 사원에 플롯을 재구성합니다 단다와 달다/ 그리고 달 것이다, 는 시점의 문제"(「콘센트」)라고 말하는 그는 벽에 콘센트를 달 때도 시점에 대해 골몰했지요. 광장에 모인 우리가 도달하고 싶은 미래는 완성된 체제도, 완벽한 이데올로기도 아닌 계획되지 않은 미확정적인 시간 그 자체인지도 모릅니다. "이파리를 밀어낸 만큼 양파는 쭈글쭈글해지"(「양파, 프랑스혁명사」)듯이 지금과 다른 미래에 대한 꿈으로서 혁명은 낡은 체제라는 껍데기를 남기고 미래로 달아나는 사건입니다.

그러므로 혁명의 서사란 "감쪽같이 무지개가 스패너로 바뀌는"(「비누」) 예측 불가한 사건이라고 말할 수밖에요.

감쪽같이 무지개가 스패너로 바뀌는 이야기

스패너로는 쥘 수 없는 너트로 꽉 찬 무지개 이야기

미안하다는 거짓말을 뭉뚱그리면 국경이 되고

빠삐용이 되고, 우린 나비라 부릅니다

— 「비누」 부분

사물과 세계에 대한 감각마저 전복시키는 시적 혁명의 주동자는 '나비'입니다. '나비'는 시인이 "지구에서 만난 가장 눈부신 혼인색"(「나비」, 『내가 스패너를 버리거나 스패너가 나를 분해할 경우』, 문예중앙, 2018)을 발하며 상대를 사랑에 들뜨게 하는 연인이기도 합니다. 언제나 '나'에게서 "달아나는 중"인 '당신'은 사랑을 미래로 유예시키며 '나'를 꿈꾸게 합니다. 여기서 '나'는 시인이기도 하고 우리 자신이기도 합니다. 현실이라는 장벽에 홀로 고독하게 갇히기를 거부하는 모두입니다.

"빗소리 소속의 불특정 n으로 당신과 함께 거기가 되고 거기를 살다 지느러미 달린 생으로 환생하는 꿈을 꿉니다 나를 부분으로 하는 빗소리 전체의 세계는 황홀합니다"(「빗소리를 사랑하는 사람들」)라는 문장을 입 안에 한참 머금어 보았습니다. '당신', '환생', '꿈', '전체', '세계' 등 각각의 단어들이 입 속에서 섞이고 있는 것만 같습니다. 저는 줄에 매여 있는 마리오네트지만 스스로 입을 열고 하나의 문장을 말하고 싶어집니다. 혁명은 '당신'과 함께 다른 생을 꿈꾸는 일이니, 그것은 사랑의 다른 이름이라고 말입니다.

시를 다 읽고 말았습니다. 오늘 밤은 참으로 이상한 시간입니다. 밤이 검고 부드러운 벨벳 카펫처럼 펼쳐져 어딘가로 이어지는 길처럼 보입니다.